마당 있는 집에서 잘 살고 있습니다

30대 도시 부부의 전원생활 이야기

김진경 지음

마당 있는 집에서 잘 살고 있습니다

매일경제신문사

연애 10년, 결혼 11년 차 부부. 서울의 오래된 15평 빌라에서 신혼 생활을 시작했다. 건축을 전공한 남편은 갓 결혼한 그때부터 내 집을 짓고 싶다고 거듭 이야기했다. 서울 한복판에서 내 집을 '갖는' 것도 힘들지만 '짓는' 일은 더 어려울 터. 남편의 소망은 이루기 어려운 꿈으로 남겨놓고 형편에 맞춰 이후 두 번의 이사를 더 했다. 그사이 출생 몸무게 4.0킬로그램의 아기까지 세 식구가 됐다.

두 번째 이사한 곳이 양평과 가까워 주말이면 아기와 함께 나들이를 왔다. 온 김에 땅이나 보고 갈까, 하는 마음으로 둘러보기 시작했다. 마음에 드는 곳을 못 만나 지칠 즈음 흐드러진 목련과 참나무가 아름다운 땅을 발견했다. 겁 많고 걱정 많은 나도 여기라면 살 수 있을 것 같아 건축가 남편의 오랜 꿈에 동참하기로 했다. 꽃 피는 봄에 처음 만난 땅을 여름에 계약하고, 가을에 잔금을 치러 온전히 우리 땅이 됐다. 겨울과 이듬해 봄까지 남편의 설계가 이어졌다.

설계도를 수없이 고치며 최종안이 나올 때까지, 남편과 많은 이야기를 나누었다. 그동안 내가 살았던 집도 되돌아보게 됐다. 집에 깃들어 있는 여러 추억, 그곳에서 함께 지낸 사람들을 생각하다 보니 우리가 집을 지으려는 이유가 명확해졌다. 우리가 이 집을 지으며 원한 건 집의 외형이나 재산상의 가치가 아니라 그 집에 깃들어 사는 사람들의 모습이었다.

마당에서 언니들과 물놀이하던 여름의 기억, 자식들 입에 고기를 잔뜩 올린 쌈이 들어갈 때마다 "이놈들, 잘 먹는다" 하며 활짝 웃던 아빠의 얼굴, 아무도 밟지 않은 마당 눈을 서걱서걱 밟던 겨울 아침. 시간이 지나도 잊히지 않는 그 풍경들이 그리웠다. 매일 반복되는 일상에 작지만 즐거운 기억을 집에서부터 쌓고 싶었다.

설계가 끝나고 여름에 시작한 공사는 가을 끝자락에 완성됐다. 코로나로 자잿값이 급등해 예산을 초과하고, 공사 기일이 연기돼 이사 날짜를 못 맞출 뻔했다. 그때마다 걱정에 잠 못 이루는 날들이 이어졌다. 여름에는 무더

위로, 가을에는 예상외로 많이 온 비에 마음을 졸였다. 그래도 여러 사람의 도움으로 집은 무사히 완공됐다.

집 짓기가 끝난 뒤 우리의 일상은 새로운 집에 맞추어 바뀌었다. 마당에서 식물들이 자라는 걸 관찰하고, 작게나마 텃밭을 가꾼다. 날이 좋으면 하루 세끼를 모두 데크에서 차려 먹는다. 똑같은 라면인데 마당에서 먹으면 희한하게 맛이 더 좋다. 바비큐를 하는 날은 잔불에 마시멜로나 고구마를 굽는다. 아이는 마당에서 모래놀이를 하고, 여름이면 수영장을 설치해 물놀이한다.

나는 아무것도 안 하고 의자에 앉아서 먼 산을 바라보는 일이 잦아졌다. 무언가를 하지 않으면 뒤처지는 느낌이 들어서 늘 종종거리며 살았다. 창밖을 보면 다들 어딘가 바쁘게 가고, 차들은 목적지를 향해 쌩쌩 달렸다. 뒤에서 무언가 쫓아오는 듯이 사라지는 모습을 보며 나 역시 그렇게 살아야 한다고 생각했다. 도시에서의 생활을 정리하고 전원주택으로 온 뒤 그런 생각에서 조금은 벗어나게 됐다. 자연을 접하며 살다 보니 마음에 여유가 생겼다.

이 책에는 집을 짓고 사는 우리의 이야기를 담았다. 어릴 적 부모님과 함께한 집부터 서울에 올라와 거쳐 간 집들의 이야기도 있다. 생각하면 가슴 따뜻해지는 어린 시절의 기억처럼 이 집에서도 작은 일상을 켜켜이 쌓고 싶다.

2023년 봄, 마당에서

○
○
○
○
○

3부) 우리가 만든 공간에서

1부

나를 만든 공간들

사실은 단독주택이 싫었다

결혼한 뒤 앞으로 우리가 살 집에 대해 많은 이야기를 나눴다. 정확히 설명하자면 '했다'기보다 '들었다'. 주로 말하는 쪽은 남편이었고, 나는 듣는 쪽이었으니까. 남편은 건축 일을 하다 보니 자기 집이나 작업실을 짓는 것에 관심이 많았다.

하지만 애석하게도 내 기억 속의 단독주택은 그리 살고 싶은 집이 아니었다. 서울로 대학을 오기 전까지 나는 지방 소도시에서 나고 자랐는데 우리 집은 동네에 숱한 단독주택 중 하나였다. 내 기억 속의 첫 집은 물론이고, 아빠가 새로 지은 두 번째 집 역시 '단독'이라는 말이 무색하게 이웃집들과 앞뒤, 양옆으로 붙어 있었다. 마당은 잔디나 나무 대신 관리가 쉽고 주차가 편리한 시멘트를 깔았다. 창으로 보이는 풍경은 이웃집의 회색 담벼락이 전부였으며 방범이 허술해 간혹 도둑이 들기도 했다.

그뿐인가. 월세를 받기 위해 몇 개의 방을 세놓으면서 세입자와 크고 작은 갈등도 있었다. 게임에 빠져 방 밖으로 나오지 않던 젊은 남자는 몇 개월 치의 월세를 내지 않은 채 야반도주했다. 열쇠는 놓고 가라는 아빠의 문자에 밤사이 몰래 다녀간 그는 열쇠만 얌전히 놓고 갔다.

다방에 다니던 끝 방 언니의 집에 연인이라 주장하던 남자가 찾아온 적도 있다. 그 남자는 유리창을 부수고 집에 들어가 언니의 머리채를 잡고 마당으로 끌고 나왔다. 공교롭게도 부모님이 외출한 저녁이어서 당시 중학생이던 나는 거실 창문으로 이 모든 광경을 지켜봐야 했다. 다행히 부모님이 곧 돌아오시고 경찰도 출동해서 상황은 일단락됐다.

하지만 현관문이나 창문을 꼭꼭 잠그고 있어도 누군가가 쉽게 들어올지도 모른다는 생각은 매 순간 공포였다. 일련의 사건 이후 부모님은 온 가족이 외출할 때면 집에 사람이 있는 것처럼 보이려고 텔레비전과 라디오를 크게 틀고, 불도 켜놓은 채 나가곤 했다. 본래 타고나길 걱정이 많고 겁도 많은 나는 그 집에 살면서 자주 가위에 눌렸다.

두 번째 집은 내가 초등학교에 들어가기 전 아빠가 친구들과 지은 집이라 단열이 전혀 안 됐다. 더위를 덜 타서 여름엔 그나마 참을 만했지만 이가 덜덜 떨리는 겨울이 고비였다. 문이란 문을 모조리 닫아도 가만히 있으면 머리카락이 산들거렸다. 따로 환기가 필요 없을 정도로 바람이 드나드는 집이었다. 유난히 추위를 많이 타는 나와 아빠는 겨우내 이불을 끌어안고 다녔다.

주인이 온전히 집을 책임지고 관리해야 하는 만큼 손볼 곳은 어찌나 많은지. 주말이면 아빠와 엄마는 집 안팎을 종종거리며 다녔다. 상대방이 찾는 연장을 척척 집어주고, 손발이 잘 맞아야 일이 수월했다. 뭔가 삐걱거리는 날에는 마당 여기저기에서 두 분이 자주 다투곤 했다. 아빠와 엄마가 번갈아 서로를 타박하는 소리를 듣는 건 자식으로서 유쾌한 일이 아니었다. 그럴 때면 나는 내 방에 들어가 이어폰을 꽂고 볼륨을 높였다.

이런 일들을 겪으면서 솔직히 단독주택이 싫었다. 남편 역시 나처럼 시골의 단독주택에서 오래 산 사람인데 주택을 짓는 게 꿈이라니 의아했다. 남편은 주택에 대한 기억이 좋았을까? 아니면 건축가로서 자기 집을 지어보고 싶은 걸까?

"너는 주택이 왜 좋아? 관리하기 힘들지 않아?"

뚱한 내 물음에 남편이 답했다.

"마당이 있잖아. 문 열면 바로 밖에 나갈 수 있고, 집
도 온전히 우리한테 맞춰서 지을 수 있어."

대답 끝에 건축가로서 자기 집 짓는 게 오랜 꿈이라는
말을 덧붙이긴 했으나 남편은 땅을 밟고 사는 주택이 정
말 좋다고 했다. 남편의 말을 듣고 보니 주택에 대한 좋
은 기억이 나도 없지는 않았다.

우리 집 현관은 아빠가 한껏 멋을 부려 아치로 쌓아 올
렸는데 현관을 나서면 너른 마당이 나왔다. 어릴 적 나는
현관문을 손으로 여는 것도 귀찮아 어깨로 '꽝' 치면서 달
려 나갔다. 뒤에서 그 모습을 지켜보던 엄마는 매번 유쾌
하게 웃었다. 마당에 있던 고양이는 갑자기 열린 현관문
과 튕겨 나온 인간에 놀라 후다닥 옥상으로 도망갔다. 엄

마가 아빠 몰래 밥을 챙겨주는 고양이였다.

여름이면 더위를 피해 언니들과 마당에 빨간 고무 목욕통을 놓고 신나게 물놀이했다. 집마다 있던 빨간 고무 목욕통은 김장철에는 김치의 속을 버무리는 용도로, 씻을 때는 목욕통으로 다방면에 요긴하게 쓰였다. 마당 수도를 연결해 물을 가득 채워서 놀다가 가래떡처럼 긴 호스를 사방팔방 휘두르며 물을 쏘아댔다. 그 물을 피해 옥상으로 도망가거나 우산을 펼쳐 방패로 썼다. 유난히 더운 여름도 물놀이 몇 번 하면 지나가기 마련이었다.

한겨울 눈 오는 날, 두발자전거를 처음 탄 곳도 우리 집 마당이었다. 눈이 와서인지 주말이어서였는지 언니들은 모두 외출하고 집에는 나만 남았다. 그때가 초등학교 4학년이었던가. 심심하던 차에 마당에 세워둔 언니의 자전거가 눈에 들어왔다. 가르쳐주는 사람 없이 혼자 두 발을 땅에 대고 낑낑대며 바퀴를 움직였다. 눈까지 와서 마당이 미끄러워 몇 번이나 넘어지다가 어느 순간 자전거가 앞으로 나갔다. 점점 속도가 붙고 "와, 된다, 된다!" 듣는 이 없는 내 외침이 눈 쌓인 마당에 울렸다. 저녁이 되어 집에 돌아온 가족들에게 직접 자전거 타는 모습을 보여줬다. 이건 아직 타는 걸로 볼 수 없다는 셋째 언니의 이의제기가 있었지만 아빠의 중재로 넘어가기로 했다.

　단독주택이 싫다면서도 돌이켜보니 마당에서 보낸 사계절은 계절마다 다른 즐거움이 있었다. 비록 시멘트로 덮인 삭막한 곳일지라도 어린 나에게는 신나는 놀이터였다. 그래서인지 아이를 낳고 난 뒤 집을 짓자는 남편의 이야기를 좀 더 귀담아듣게 됐다. 내 아이도 어릴 적 나처럼 마당에서 여러 추억을 쌓길 바라는 마음에서다.

딸 부잣집 막내딸, 자기 방이 생기다

우리 집은 딸만 넷인데 그중 내가 막내다. 동네에서는 우리 집을 '딸 부잣집' 또는 마당에 있는 큰 은행나무를 가리켜 '은행나무 집'이라고 불렀다. 자장면을 시킬 때도 주소 대신 "딸 부잣집이요" 하면 알아서 우리 집으로 가져다주었다. 가끔은 너무 집안의 정보가 새는 듯하여 또박또박 우리 집 주소를 불러도 돌아오는 대답은 "아, 거기 딸 많은 집이요?"였다. 이웃에도 딸 넷인 집이 있었지만 다섯째로 아들을 낳았기에 동네에 딸 부잣집은 명실상부 우리 집이었다.

나는 큰언니와 아홉 살, 둘째 언니와 일곱 살, 셋째 언니와는 두 살 터울이다. 미스코리아 나가라는 소리를 줄곧 들을 정도로 예뻤던 큰언니, 연탄가스를 마시고도 다음 날 학교에 갈 정도로 튼튼했던 둘째 언니, 옷 잘 입기로 소문난 셋째 언니, 그리고 나였다. 큰언니가 결혼할 때 집에서 피로연을 했는데 친척 중 누군가가 우리 네 자매를 가리켜 이 집 딸들은 다 예쁘다고 자랑했다. 첫째, 둘째, 셋째를 보고는 모두 수긍의 끄덕임을 하며 부모님께 딸들 잘 뒀다고 덕담을 건넸다. 막내는 어디 있느냐는 말에 누군가가 나를 가리켰다. 저 멀리서 열심히 음식을 서빙하고 있던 나를 보고 사람들은 급히 화제를 돌리며 공부 열심히 하라고 용돈을 주었다. 영문 모르던 나는 "이게 웬 떡이야"를 외치며 날름 받았다. 큰언니가 가끔 자기 코끝이 약간 휘었다는 등의 소리를 하면 기가 찬다. 나에게도 휠 콧대라도 있었으면 싶어서다. 미모 유전자가 모두 언니들에게 간 것은 퍽 섭섭하지만 언니들이 예쁘고 잘난 것은 내 오랜 자랑이었다.

언니들 미모에 묻혀가는 나를 포함해 할머니, 부모님까지 직계가족만 일곱이었다. 식구는 많은데 집은 작아서 늘 복작였다. 첫 번째 집에서는 방 세 개 중 하나는 할머니와 셋째 언니가 썼고, 하나는 부모님이, 마지막 하나는 큰언니와 둘째 언니가 함께 썼다. 난 주로 안방에서 부모님과 살았지만 마음 내키는 대로 이 방, 저 방 다녔다. 물론 언니들은 객식구를 반기지 않았다. 언니 방에서 늦게까지 놀고 싶어서 자는 척하다가 번번이 쫓겨났다.

그러다 여섯 살 무렵 아빠가 친구들을 동원해 원래 살던 집 바로 뒤에 새로 집을 지었다. 아빠와 아빠 친구들이 낮에는 벽돌을 쌓고 저녁에는 마당에서 왁자지껄하게 밥을 먹고 가셨다. 밤이 되면 몰래 나가서 그분들이 먹다 남긴 막걸리를 맛보고, 담배꽁초를 주워서 입에 물고 뻐끔거리는 시늉을 했다.

몇 개월 뒤 집이 완성되자 원래 살던 집은 세를 주고 우린 스무 걸음 떨어진 새집으로 이사했다. 방이 하나 늘어 네 개가 됐지만 역시나 식구 수에 비하면 부족했다. 독방을 외치는 딸이 여럿이었다. 몇 번의 앙칼진 전투 끝에 방 주인이 바뀌길 수차례. 거친 풍파에서 비껴간 어린 나는 할머니와 함께 방을 썼다.

할머니는 무척 깔끔해서 머리를 곱게 빗고, 주변을 정갈히 가꾸었다. 할머니 방은 넓고 해가 잘 들어 쾌적했다. 하지만 라디오가 흐르고, 늦게까지 놀아도 되는 언니 방이 탐났다. 어느 날은 언니 방에 놀러 가려는데 안에서 문을 잠가 놓은 것이 아닌가. 불청객을 차단하기 위함이리라. 열쇠로 문을 따고 들어가려고 해도 언니들이 이미 열쇠를 들고 들어간 터였다. 걸어 잠근 문 안에서 무슨 재미있는 이야기를 하는지 웃음소리가 났다. 언니들 방은 비밀이 넘쳤다.

씩씩대며 할머니 옆으로 돌아와 이부자리를 깔고 누웠다. 자는 줄 알았던 할머니가 조용히 일어나더니 나를 불렀다. 할머니는 아무에게도 말하지 말라며 조심스러운 부탁을 했다. 밤 열두 시 정각이 되면 머리맡에 갈아둔 먹을 붓에 찍어 할머니의 이마, 양쪽 볼, 턱 이렇게 네 군데에 점처럼 찍어달라는 것이다. 여든이 넘은 할머니는 자신이 너무 오래 산다며 "왜 안 죽는다니"를 입버릇처럼 달고 지냈다. 매일 아침 눈을 뜨면 한숨부터 쉬던 할머니였다. 간곡한 부탁에 알았다고 했다. 하지만 초등학생이 자정까지 버티는 건 힘든 일이라 결국 잠들었다. 다음날 할머니는 거울을 보고 먹이 찍히지 않은 얼굴에 실망했지만 기죽은 나를 혼내지는 않았다. 방에 있던 먹은 아빠가 안방으로 치웠다.

몇 년 뒤 큰언니는 결혼하고 둘째 언니는 취업했다. 우리 집은 할머니 방, 부모님 방, 셋째 언니 방, 내 방으로 정리됐다. 중학생 무렵 드디어 독방이 생긴 것이다. 나란히 붙어 있던 방 세 개 중 나는 가장 작은 가운뎃방을 썼다. 내 오른쪽에는 셋째 언니가, 왼쪽에는 할머니가 있었다. 옷걸이 하나와 요를 펼치면 남는 공간이 없었다. 작은 창문이 하나 있었지만 이웃집 담과 붙어 있어서 해가 들지 않았다.

방이 작고, 컴컴해도 나 혼자만의 공간이 생겼다는 사실이 중요했다. 이제 나도 내킬 때마다 방문을 걸어 잠글 수 있고, 할머니를 따라 초저녁부터 잠들지 않아도 됐다. 아빠와 가구점에 가서 직접 고른 책상에 교과서와 문제집을 꽂고, 연필통과 책상 조명을 적절히 배치했다. 친구와 찍은 스티커 사진을 책상에 붙였다가 그 친구와 틀어지면 칼로 벅벅 긁어냈다. 중학교, 고등학교를 지나면서 내 책상에는 여러 스티커가 붙었다 떨어지길 반복했다.

내 방이 생기고 나서야 왜 언니들이 그렇게 독방을 외치고, 틈날 때마다 문을 잠갔는지 알았다. 내 취향대로 꾸미고, 누구의 눈치도 보지 않고 편하게 내 일을 할 수 있는 공간은 생각만 해도 든든했다. 기쁜 일, 슬픈 일이 생길 때면 방에 가만히 앉아 그 일들을 되새겼다. 책상 서랍 깊은 곳에는 아무도 보지 않을 거라는 믿음으로 솔직하게 써 내려간 일기와 우정 반지 같은 소중한 물건들이 숨겨져 있었다. 좁디좁은 가운뎃방에서 내 십 대는 고요히 지나갔다.

내 공간을
찾아서

진압할 진鎭, 서울 경京. 이름처럼 서울을 진압하진 못했지만 진출에는 성공한 지방 사람이 됐다. 가운뎃방에서 고등학교를 졸업하고 서울로 대학을 오면서 가장 큰 문제는 집이었다. 다행히 정말 운 좋게도 무작위 추첨이었던 기숙사에 당첨(?)됐다. 기숙사는 4인 1실이었는데 일면식도 없는 성인 네 명이 모여서 작은 방을 공유하며 살았다. 방에는 이층 침대와 책상, 개인 옷장이 있었다. 기숙사는 2학년까지 살 수 있었는데 이층 침대의 1층은 재학생이, 2층은 신입생이 썼다. 룸메이트 네 명 중 내가 제일 늦게 입실해서 남아 있던 한 자리가 자연스레 내 차지가 됐다. 이제 나만의 공간은 가운뎃방에서 이층 침대 한 칸으로 좁아졌다.

대학을 오기 전까지 내 평생 이사는 딱 한 번이 전부였는데 서울에서는 이사가 생활이 됐다. 일 년 반 동안의 기숙사 생활을 시작으로 하숙, 자취, 고시원, 공부방 등 유랑이 펼쳐졌다. 서울에서는 집에 산다기보다 '방'에 산다는 말이 더 적절했다. 4층 건물 전체가 하숙집이어도 나에게 배정된 공간은 방 하나였으니까. 이사가 잦아지면서 단출한 이사를 위해 내가 세운 원칙은 이삿짐이 '우체국 6호 상자 세 개를 넘지 않을 것'이었다(현재 6호 상자는 단종되어 5호까지만 나온다). 가로 520밀리미터, 세로 480밀리미터, 높이 420밀리미터에 세간살이를 모두 넣는다. 책들은 무게가 있어서 상자 하나에 몰아넣으면 터질 수 있으므로 상자 세 개에 고르게 분배한다. 그리고 첫 번째 상자에 이불과 요를 꾹꾹 눌러 담는다. 두 번째 상자에는 베개와 옷을 쌓고, 세 번째 상자에는 샴푸, 린스, 비누를 비롯해 각종 생활용품을 쓸어 담는다. 이로써 이사 준비는 끝이다.

대학을 졸업하고는 학교 앞을 떠나 우체국 6호 상자와 함께 노량진에 터를 잡았다. 어려운 취업 시장을 반영해 공무원 열풍이 전국에 불었다. 그 대열에 편승해 나도 꽤 오래 수험 생활을 했다. 노량진에서는 세 곳을 옮겨 다녔는데 첫 번째와 두 번째는 모두 지하였다. 첫 번째는 반지하라 지상으로 난 창이 있어 해가 잘 들었는데 두 번째 고시원은 해가 전혀 비추지 않았다. 이사하고 바로 다음 날, 아침에 일어났는데 방이 깜깜하고 물 떨어지는 소리가 났다. 밖에 비가 와서 방이 어두운 줄 알고 우산을 들고 나갔다. 이게 웬걸, 햇볕이 쨍쨍했다. 빗소리인 줄 알았던 '똑똑똑' 소리는 1층에서 낙하하는 물소리였다. 지상이 밝을수록 지하는 그에 대비해 더욱 어두웠다.

밤낮 구분 없이 어두웠던 그 방은 처음엔 낯설었는데 살다 보니 적응이 됐다. 장점이라면 땅속이니 마당에 묻어 놓은 김장독처럼 온도 조절이 된다는 점을 들 수 있겠다. 덕분에 여름엔 지상보다 시원하고, 겨울엔 온기가 돌았다. 땅에 푹 들어가 있으니 무덤같이 아늑해 잠도 잘 왔다. 아침에 해가 안 들어 종종 늦잠을 자는 단점도 따라왔지만. 다만 이 고시원은 산 중턱에 있어서 오르막길을 한참 올라와야 했다. 오르막은 내내 적응이 안 되어 얼마 뒤 다른 고시원으로 옮겼다.

세 번째 살았던 고시원이 노량진에서 머문 마지막 주소지다. 한 층당 방이 15개 있었는데 벽이 합판이어서 방음이 안 되고, 정말 좁았다. 우리가 흔히 신문의 사회 면에서 고시원을 다룰 때 나오는 그 방이다. 방은 창문에 따라 외창 방과 내창 방으로 나뉘었다. 건물 외벽 쪽에 붙은 방들은 바깥으로 열 수 있는 창이 있어서 외창 방, 안쪽에 있는 방들은 창이 안쪽에 있다고 해서 내창 방이었다. 나는 더 저렴한 내창을 선택했다.

내창이라 불리는 창문은 외부가 아니라 복도를 향해 있고 그마저도 천장 가까이에 한 뼘 크기로 뚫려 있어서 창이라고 부르기도 민망했다. 사실상 창이 없다고 볼 수 있는데 계단실로 나가기 전에는 바깥 날씨를 알기 어려웠다. 자다가 실수로 벽을 세게 친 날은 합판으로 대충 마무리한 벽이 뚫릴까 봐 잠결에도 걱정이 됐다. 방음이 안 되어 옆방에서 이불이 사각거리는 소리까지 들리던 방이었다. 폭은 어찌나 좁은지 방에서 기지개를 켜려면 양팔이 벽에 닿지 않게끔 대각선으로 요리조리 자리를 바꿔야 했다. 다행인 건 본가에서 지낸 가운뎃방도 작고, 어두웠다는 점이다. 중학교 때부터 그렇게 살다 보니 내 몸은 어느새 작은 방에 맞춰져 있었다.

물론 즐겁고 편하게 지냈다는 뜻은 아니다. 화장실과 세탁기, 샤워실 등 많은 사람이 공용공간을 같이 써야 했기에 불편한 점을 꼽자면 손이 모자랐다. 비슷한 시기 근처 고시원에 살던 친구는 자도 자도 피곤하고, 어깨에 누군가 앉아 있는 것 같다고 호소했다. 결국 몇 달 못 가 고시원에 귀신이 사는 것 같다는 말을 남기고 고향으로 내려갔다. 불확실한 미래만큼 고시원 생활 역시 녹록지 않았던 탓이다. 나 역시 불편은 했지만 긴 타지 생활에 적응한 덕인지 그럭저럭 지냈다. 문 닫고 들어갈 수 있는 내 공간이 있어서 버틸 수 있었다.

고시원에 있다가 본가에 가면 집이 훨씬 넓은 데도 얼른 올라가고 싶었다. 집 떠난 지 오래되기도 했지만 내 방이 사라졌기 때문이다. 대학을 온 뒤 내가 쓰던 가운뎃방은 창고로 바뀌었다. 쌀, 고춧가루, 꿀, 명절에 들어온 선물 세트 등이 방을 빼곡히 채웠다. 엄마는 집에서 며칠 더 있다 가라고 붙잡았지만 섭섭해하는 부모님께는 에둘러 말하며 짐을 챙겨 고시원으로 돌아왔다. 나한테 필요한 건 큰 공간이 아니라 작더라도 확실한 내 공간이었다.

첫 직장과
청소 요정

노량진에 살던 막바지, 공무원 준비를 그만두고 편집
자가 되는 쪽으로 가닥을 잡았다. 전공이 국어국문학이
어서 졸업 후 출판 편집자로 일하는 친구가 몇 있었다.
출판일을 직접 경험하진 못했지만 편집자라는 직업을
소개하는 책을 보고, 현장에서 일하는 친구에게 조언을
구했다. 운 좋게 서류를 통과하고 첫 면접을 보러 갔다.
사장님과 편집장님, 내가 동그란 탁자에 둘러앉았다. 사
장님이 물었다.

"가장 잘하는 게 뭔가요?"

곰곰 생각하다가 대답했다.

"걷기입니다."

노량진에 있을 때 머리가 복잡하거나 답답하면 걸어서 한강대교를 지나 용산으로 갔다. 딱히 용산에 볼일이 있어서 간 것은 아니다. 다리를 건너면 가장 먼저 나오는 곳이 용산이었다. 한강대교를 건너 용산의 큰 건물들이 나오면 잠시 넋 놓고 보다가 다시 고시원으로 돌아왔다. 두 시간, 때로는 세 시간도 넘는 거리였지만 복잡한 속을 달랠 때는 아무 생각 없이 걷는 게 최고였다. 그 기억으로 한 대답이었다.

사장님이 기대한 건 편집자의 자질에 대한 답이었을 것이다. 그건 나도 알았다. 하지만 막상 면접에 들어가니 편집자로서 내가 뭘 잘할 수 있을지 확신이 없었다. 공무원 시험 준비에 쏟은 몇 년의 노력이 수포가 된 것에 대한 실망과 패배감이 당시 나를 휘감고 있었다. 이번 면접은 망했구나, 하는 생각에 내 목소리가 점점 기어들었다. 바쁘신 분들의 시간을 뺏고 있다는 생각이 들었다.

면접은 당연히 '똑' 떨어졌지만 이날은 감사한 기억으로 남아 있다. 일단은 당시 면접 본 세 군데 출판사 중 유일하게 면접비를 챙겨줬다. 그리고 풀이 죽어 돌아가는 나를 배웅하러 현관까지 나오신 편집장님이 내게 새로운 도전의 기회를 열어주셨다.

　"서울출판예비학교라는 곳이 있는데, 한번 지원해보
　세요. 편집자 과정이 있어서 교육을 들을 수 있어요."

　곧바로 나는 그곳에 지원했다. 필기와 면접을 보고 편
집자 반에 합격해 6개월 과정을 마친 뒤 첫 직장에 입사
했다. 내 나이 스물여덟이었다. 자신에 이어 딸이 공무원
이 되기를 희망했던 아빠는 편집자가 무슨 일을 하는지
몰랐다. 사람들도 대부분 책을 쓰는 저자 뒤에 편집자가
존재하는 걸 모른다. 저자가 원고를 쓰면 편집자와 함께
1교, 2교, 3교 등 교정을 거쳐 책이 완성되어 나온다고 해
도 아빠는 고개를 갸웃했다.

　"그러니까 네가 글을 쓴다는 거냐?"

　"아니, 저자가 글을 써오면 나는 그걸 맞춤법에 맞게 교
　정하고, 책으로 나올 수 있게끔 내용을 다듬는 거야."

내 설명에도 갸웃하게 기울어진 아빠의 고개는 바로 세워지지 않았다. 5년의 회사 생활을 마치고 외주 편집 자로 일하고 있는 지금까지, 십 년이 넘도록 아빠는 내 일에 대해 정확히는 모르는 눈치다. 엄마 역시 마찬가지다. 내가 교정지와 책을 펼쳐 놓고 일하고 있으면 엄마는 말한다.

"우리 진경이, 공부하는구나? 그래, 뭐라도 배워야 나중에 써먹지."

부모님을 이해시키는 데는 실패했지만 편집 일은 적성에도 잘 맞고, 보람도 컸다. 내가 다닌 곳은 학술서와 대학 교재를 주로 내던 곳이라 책 한 권을 끝내면 대학교 수업 하나를 들은 느낌이었다. 저자의 오랜 연구 결과가 담긴 책 안에는 배울 점이 많았다. 울퉁불퉁한 문장을 매끄럽게 다듬고, 저자와 교정지를 주고받으며 책을 완성해 나가는 것 역시 새로운 기쁨이었다. 비록 책 어디에도 내 이름은 없었지만(출판사마다 판권에 편집자 이름이 들어가는 곳도 있고, 아닌 곳도 있다. 당시 내가 다니던 회사는 아니

었다) 아무렴 상관없었다.

 출판사에 취업하고 고시원에서 몇 달을 더 살았다. 그 뒤 중학교, 고등학교 동창인 고향 친구와 함께 자취했다. 친구가 먼저 살고 있던 빌라에 내가 방 한 칸을 빌려 들어갔다. 당시 무역회사에 다니던 친구는 스트레스를 받을 때마다 청소로 풀었다. 덕분에 친구와 살던 집은 늘 깨끗했다. 친구가 매일 스트레스를 받았고, 그 결과 매일 청소했기 때문이다.

 친구와 나는 야근, 주말 아르바이트, 연인과의 데이트 등 각자 바빠서 많은 시간을 같이 있진 못했지만 월급날에는 빼먹지 않고 족발, 치킨을 시켜 먹었다. 거실 바닥에 널브러진 채 사는 이야기, 회사 생활, 돈 이야기를 했다. 그러다 밤이 깊으면 각자의 방에 돌아가 잠을 청했다. 친구가 주인이고 내가 세 들어 살았는데 친구는 내 방에 관여하지 않았다. 문을 열어볼 법도 한데 전혀 그런 일이 없었다. 서로 사생활을 존중해서다. 덕분에 우리는 사는 동안 개인 생활로 부딪힐 일은 없었다. 친구도 나도 대학을 타지로 오면서 일찍부터 혼자 살았기에 적당한 선을 지키며 타인의 공간을 침해하지 않았다.

　서로 부담 주지 않는 편한 생활이었지만 친구와는 일 년 정도만 같이 살았다. 남편과 결혼했기 때문이다.

편집자와
건축가가 만나면

내가 설계나 시공 같은 건축 일을 조금은 친숙하게 느낄 수 있는 건 건축가인 남편 덕분이다. 남편에게 건축업계 소식을 귀동냥으로 듣고, 오며 가며 남편이 하는 일을 보면서 자연스레 관심이 생겼다. 남편과는 대학 1학년 때 만나 10년 6개월을 연애했다. 학교는 달랐지만 서로의 친구가 아는 사이여서 인연이 됐다. 지금은 결혼 11년 차이니 연애 기간까지 하면 21년을 남편과 보냈다. 가끔 우스갯소리로 "내 나이 열아홉에 널 만나"라며 남편에게 신세 한탄을 한다(일명 '빠른 연생'이라 나는 열아홉에 대학에 들어갔다).

결혼 당시 나는 첫 직장에 다니는 중이었고, 남편은 건축설계 회사에 근무하고 있었다. 공무원 시험을 준비하다 다른 직업에 정착한 나와 달리 남편은 건축학과를 졸업해 학부부터 일관되게 건축가라는 한 가지 직업을 향해 직진했다. 같은 학번이라 졸업도 내가 빨랐다. 하지만 노량진에서 보낸 시간이 길었던 탓에 남편은 군대를 다녀오고, 일 년 가까이 호주로 워킹 홀리데이를 다녀왔는데도 나보다 먼저 취업했다.

현상설계를 위주로 하던 큰 회사에 다니다가 작은 아틀리에로 옮겨 실무를 배우던 남편과 이제 막 신입 티를 벗은 나는 늘 일에 허덕였다. 우리는 회사에서 못다 한 일들을 신혼집에 가져와 처리했다. 뉘앙스가 미묘하게 다른 '은, 는, 이, 가' 같은 조사로 내가 고민하고 있으면 남편은 "그런 거 너나 알지, 너무 고민하지 마"라고 조언한다. 그러면서 정작 본인은 창문 위치를 미세하게 위아

래로 조정하며 나한테 어떤 게 나은지 묻는다. 그럼 나도 대답한다. "그런 거 너나 알지, 아무도 몰라."

결혼 11년 차인 지금도 주거니 받거니 서로의 일에 호평과 혹평을 가한다. 외주 편집자로 일하는 나는 주로 집에서 작업한다. 남편은 서울에 사무실이 있지만 못다 한 일이나 주말에 할 일이 있으면 집으로 가져온다. 각자 자기 서재에서 일하지만 다른 사람의 의견이 필요할 때가 있다. 내 경우는 문법적으로 틀리진 않았지만 무언가 이상하다 느끼는 문장이 있는데, 그 경계가 희미할 때 남편을 부른다.

"여기 이 부분, 조금 어색하지 않아?"

남편은 소리 내어 읽어보기도 하고, 우물우물 속으로 삼켜보기도 한다. 남편도 명백히 이상하다고 동의하면 그 문장은 수정한다. 물론 아닐 때도 있다.

"내가 보기엔 괜찮은데? 너무 네 취향대로 고치려는 거 아니야?"

이렇게 나오면 나는 조금 뜨끔하기도 하고 기분이 언짢아진다. 일단은 "알았어, 가봐" 하고 남편을 내보낸다. 남편이 나간 걸 확인한 뒤, 남편이라고 하나 있는 게 영 도움이 안 된다고 구시렁댄다. 그래도 남편 말이 마음에 걸려 그 문장은 고치지 않고 시간을 두고 더 살펴본다.

남편 역시 일하다가 종종 나를 부른다. 설계는 혼자 하는 게 아니라 같이 하는 거라며 도란거리고 토론하는 걸 좋아하는 사람이다. 디자인이 안 풀리거나 설계가 끝나고 건물의 토대가 갖춰졌을 때 나를 호출한다.

"잠깐 와서 이것 좀 같이 볼래?"

품앗이처럼 나도 남편 컴퓨터 앞으로 간다. 대략적인 설계 의도와 건물의 쓰임을 듣는다. 서당 개 3년이면 풍월을 읊는다지만 10년이 지나도 어떤 건물이 디자인이 잘 된 것인지 정확히는 모르겠다. 그래도 그간의 경험으로 내 감상을 말한다. 창문이 시원하다, 입면이 멋지다, 실제로 이렇게 지어지면 좋겠다 등등. 신나게 떠들다가 전문가도 아닌 내 의견이 도움이 되는지 궁금했다.

"근데 내가 이렇게 말하는 게 도움이 돼?"

그러자 남편이 말했다.

"원래 모르는 사람이 봐도 좋은 게 진짜 좋은 거거든.
선입견 없이 보니까."

틀린 말은 아니지만 그래도 10년 넘게 옆에서 성실하게 의견을 말해왔건만 '모르는 사람'이라니. 약간 꽤썸한 마음이 들어 창문 공격을 한다. 남편 뒤에 서서 창문 하나를 가리키며 "위로 조금 올려봐", "오른쪽으로 더 가봐", "아니, 조금만 올려야지" 하며 남편을 조종한다. 신속하게 수정하던 남편 얼굴이 종국엔 붉으락푸르락한다. 소기의 목적을 달성한 뒤 "처음이 제일 낫네" 하고 나는 일어난다.

우리가
지나온 집들

남편과 나는 지방 출신이다. 나는 충남의 한 시골 마을에서, 남편은 경상도에서 나고 자랐다. 고등학교까지 그곳에서 다니다 대학을 서울로 오면서 고향을 떠난 것도 똑같다. 다만 내 고향은 '읍'이고, 남편은 '면'이다. 읍민과 면민은 엄연히 다르므로 이건 밝혀두어야 한다. 크게 보면 남편은 광역시에 속한 면이고, 나는 군에 속한 읍이기에 남편은 내가 더 시골 출신이라고 주장한다. 그럴 때마다 나는 우리 집은 논밭을 보려면 차를 타고 나가야 하지만 너희 집은 대문만 나서면 논밭이지 않으냐, 하며 사람이 근본을 잊으면 안 된다고 점잖게 타이른다.

대학 생활부터 시작된 이사는 결혼 후에도 계속됐다. 긴 연애 끝에 결혼하고 신혼집을 고를 때에는 서울 지도를 쫙 펼쳐 놓고 위치를 고심했다. 가족이 가까이 있다면 그 근처를 고르겠지만 양가가 다 멀었다. 서울에 연고가 없는 것은 단점이자 장점이었다. 장점으로는 연고가 없으니 서울 어디든 갈 수 있었고, 단점은 그렇다 보니 선택지가 지나치게 많았다.

당시 나의 직장은 종로였고, 남편은 경기도 중부였다. 우리는 각자의 출퇴근 거리를 염두에 두고 집을 보러 다녔다. "이 돈으로는 못 구해요"라는 말을 들으며 지쳐갈 즈음 부동산 직거래 카페에 올라온 매물을 하나 보게 됐다. 은평구에 있는 오래된 15평 빌라였다. 전셋값이 저렴하고 직장까지의 거리도 나쁘지 않았다. 그날 보고 가계약을 걸었고, 그 집이 우리의 신혼집이 됐다.

전셋값이 저렴했던 이유는 건물이 오래되고 언덕 꼭대기에 있었기 때문이었다. 안방 창문을 열고 밖을 보면 시야를 가리는 건물 없이 탁 트여 산꼭대기에 있는 기분이 들었다. 기분상의 문제는 아니었다. 실제로도 집이 산 중턱은 될 법한 곳에 있었다. 세 번의 깔딱 고개를 넘으면 빌라 입구에 도착한다. 거기서 4층 우리 집까지 계단을 올라간다. 집에서 나가면 다시 이 짓을 반복해야 하니 웬만해서는 외출을 삼갔다. 그래서 신혼집에 살 때는 가까이 불광천을 두고도 많이 가지 못했다. 다행히 얼마 뒤 마을버스가 들어와서 깔딱 고개를 걸어서 넘는 것은 면했다.

살다 보니 동네에 정이 많이 들었다. 가까이 불광천이 있고, 교통도 편리하며 장점이 많은 곳이었다. 비록 고개가 많고 개발이 늦긴 해도 고즈넉한 분위기가 주는 평온함이 있었다. 빌라 사이사이에는 꿋꿋이 남아 있는 오래된 주택들이 있었다. 주말이면 동네를 산책하며 도심의 오래된 단독주택을 눈에 담았다. 높은 건물이 많지 않아서 하늘이 잘 보이고, 대기업 프랜차이즈보다 개성 가득한 동네의 작은 가게들이 많았다.

그런데 간혹 은평구를 잘 모르는 사람이 있었다. 은평구에도 신사동이 있는데 강남의 '신사동'과 이름이 같아서 택시 기사님이 헷갈릴 때도 있었다. "거기에도 신사동이 있어요?"라고 묻기도 했다. 그럴 때면 우리 집 앞의 아찔한 고개 이름을 댔다. 고개 중간에 초등학교가 있는데 경사가 높아서 안전 문제로 뉴스에도 종종 소개되는 곳이다. 그제야 기사님은 "아, 거기 고개요?" 하고 고개를 끄덕이셨다. 어느 날은 좋아하는 다큐멘터리 프로그램에 우리 동네가 나왔다. 신나서 자리를 잡고 앉았는데 방송이 시작하자마자 "서민들이 모여 사는 은평구"라는 게 아닌가. 그 말을 듣고 욱해서 외쳤다.

"우리 동네에도 외제 차 있어!"

2년이 지났는데 집주인이 전셋값을 올리지 않았기에 우리는 계약을 갱신해 총 4년을 그 집에서 살았다. 나중에 듣기로는 집주인이 해외에 있었던 탓에 전세 만기 전에 연락을 못 했다고 한다. 우리로서는 감사한 일이었다. 하지만 4년 뒤 집주인은 전세가를 큰 폭으로 올렸고, 우리는 이사를 하기로 했다. 두 번째 집도 역시 같은 동네로 구했다. 이번엔 다행히 언덕 직전에 있는 집이었다. 가까스로 언덕을 피한 것만으로도 나는 대만족이었다.

신축 빌라인 두 번째 집은 매매를 했는데 일명 마이너스 옵션으로 계약했다. 공사 중인 집을 보고 마음에 들어서 나머지 공사는 우리가 하고, 잔금에서 일정 금액을 할인받았다. 집 겸 남편의 사무실로 쓸 요량이어서 목공, 페인트, 바닥, 싱크대 등 실내 인테리어를 남편이 직접 했다. 1층이라 밖에서 많이 노출될 법도 한데 길이 묘하

게 빗기는 곳이라 안이 들여다보이지 않았다.

이삿날을 맞추다 보니 6월과 7월, 가장 더운 때 실내 공사를 하게 됐다. 아침에 남편과 집을 나서면 나는 회사로 출근하고 남편은 근처의 새집으로 향했다. 남편은 공정마다 필요한 인부를 고용해 총괄하고, 경비를 아끼기 위해 본인이 직접 작업을 하기도 했다. 내가 퇴근하면 머리에 하얀 먼지를 뒤집어쓰고 웃으며 나왔다. 종일 더운

데서 땀 흘리며 힘들지 않냐고 물었더니 우리가 살 집을 직접 만들어가는 과정이 고되지만 즐겁다고 했다.

새집은 가능한 범위에서 최대한 층고를 높이고, 원래 방 세 개짜리로 계획된 집을 두 개로 줄여 거실을 넓혔다. 벽과 천장은 페인트를 바르고, 바닥은 원목 마루를 깔았다. 걸레받이도 천장 몰딩도 하지 않았다. 남편이 걸레받이와 천장 몰딩을 하지 않겠다고 했을 때 처음에는 뜨악했다. 다들 하는 데에는 이유가 있지 않겠느냐고 했는데 남편 의견은 달랐다.

> "남들 다 한다고 할 필요는 없어. 내가 필요하면 하는 거지. 걸레받이든 천장 몰딩이든 마감을 가리는 건데 마감을 신경 써서 하면 돼."

실제로 걸레받이와 몰딩이 없으니 집이 군더더기 없이 매끈했다. 벽과 마루가 만나는 부분, 벽끼리 접하는 부분은 남편이 굉장히 신경을 쓴 덕분이었다. 어두운 원목 마루와 하얀 페인트가 만나니 집은 저절로 차분한 분위기가 됐다. 이에 반해 안방은 합판으로 가벽을 만들어 거친

느낌을 주고, 문을 달지 않고 커튼만 설치했다. 서재로 쓸 공간은 나무 기둥을 세워 문이 없어도 구획이 되게 만들었다.

 이 집의 중심 공간은 식탁이 놓일 자리였다. 목재상에서 직접 고른 원목 상판에 남편이 다리를 만들어 식탁으로 썼다. 식탁치고는 매우 커서 우리는 이 테이블에서 책도 읽고, 차도 마시며 많은 시간을 보냈다. 위치적으로 집의 한가운데에 있어서 어디를 가든 식탁을 지나가야 했다. 중심이 되는 공간이 있으니 가족이 자연스레 모여

이야기를 나누게 됐다.

남편이 직접 꾸민 이곳에서 3년 넘게 사는 동안 여러 일이 있었다. 그때마다 우리는 커다란 식탁 한쪽에 마주 앉아 서로를 보듬어주고, 위로하고, 함께 기뻐했다. 그러 다 둘이 쓰던 식탁에 의자가 하나 더 생겼다. 아이가 태 어난 것이다.

슈퍼마켓
사장님이
묻지 않은 일

임신 38주 5일, 제왕절개로 아이를 낳고 회복실에 누워 있었다. 어렴풋이 정신이 돌아오는 게 느껴졌다. 간호사는 아직 마취가 덜 깬 내 귀에 대고 속삭였다.

"4킬로예요."

"네? 4킬로요?!"

3킬로 후반대로 예상됐던 아기는 출생 몸무게 4.0킬로그램, 키 55센티미터로 생각보다 더 우량하게 태어났다. 키는 상위 97퍼센트, 체중은 상위 90퍼센트였다. 제왕절개 수술을 했기에 늦게서야 아이의 얼굴을 볼 수 있었다. 옆으로 늘린 보름달처럼 광활하고 말갛고 귀여웠다. 한 번의 유산을 겪고 결혼 5년 만에 낳은 첫아이였다.

건강하게 태어난 줄 알았던 우량 아기는 태어난 지 이

틀째 되는 날, 구급차에 실려 근처의 대학병원으로 가야 했다. 복부가 팽만하고, 담즙을 토하는 증상 때문이었다. 아이의 상태가 시시각각 안 좋아져 주말임에도 불구하고 소아과 선생님이 급히 나오셨다. 더 지체할 수 없다는 판단에 근처 병원으로 연락을 돌렸다. 다행히도 입원이 가능하다는 회신이 왔다. 그길로 아이는 신촌 세브란스병원 신생아집중치료실에 들어갔다.

여러 날에 걸쳐 많은 검사를 받은 후 나온 병명은 '히르슈스프룽병(선천성 거대결장)'이었다. 임신 중 알 수 없는 이유로 장운동을 하는 신경세포가 일부분에 만들어지지 않은 채 태어나는 질환이다. 엄마 배 속에 있을 때는 알기 어렵고, 태어난 뒤 신생아기에 발견되는 경우가 많다. 아이는 장에서 신경이 없는 부분 16센티미터가량을 절제하는 수술을 받고, 회복기를 거쳐 35일 만에 퇴원했다.

아이가 병원에 입원해 있던 35일 동안 나는 홀로 집에 있었다. 임신 초기 예약해뒀던 산후조리원은 취소했다. 아이 없이 혼자 조리원에 들어갈 마음이 들지 않았다. 산후조리원을 취소하려 전화했을 때 조리원 원장님은 "밥 해줄 사람 있으면 집에 가는 게 나을 거다" 하셨다. 아이가 입원해 있는 내 사정을 알고 하신 말이었다. 더구나 내가 아이를 낳은 3월 말은 출산한 산모가 많아서 조리원마저 병실에서 4일은 대기해야 들어갈 수 있었다. 병원에 더 있을 이유가 없었다. 아무도 없는 내 집에 얼른 가고 싶어서 산부인과 퇴원일을 앞당긴 뒤 서둘러 짐을 챙겼다. 출산 당시 산부인과에 1인실이 없어서 다인실을 썼는데 행복한 사람들 속에서 외로운 섬처럼 혼자 있는 것도 못 할 짓이었다.

퇴원 수속을 마친 뒤 곧장 아이가 있는 대학병원으로 향했다. 그날부터 하루 두 번, 정해진 면회 시간에 맞춰 아이를 보러 갔다. 보통의 산모라면 조리원에 있을 시간이었다. 제왕절개 수술로 인한 배의 칼자국이 아물지 않아 허리를 펴는 게 꽤 힘이 들었다. 그래도 몸이야 어떻게든 움직이면 됐는데 참담한 건 마음이었다. 아이를 낳았는데 집에 아이가 없다는 사실이 받아들이기 어려웠다. 엄마와 언니가 집에 와서 챙겨준다는 걸 모두 거절했다. 그 뒤 한 달간 남편이 출근한 적막한 집에서 혼자 밥을 챙겨 먹고, 유축을 하고, 아이 면회를 갔다. 날씨는 점점 풀려 모두 화사한 봄옷을 입고 있는데 나는 여전히 거울 패딩을 벗지 못했다.

당기지 않았지만 산모라면 먹어야 한다기에 집 근처의 단골 반찬가게에 미역국을 주문했다.

"제가 산후조리 중이라 미역국을 많이 주문하고 싶어서요."

사장님은 특별히 더 신경 써서 만들었다며 밑지는 게 아닐까 싶을 만큼 푸짐한 미역국을 배달해주셨다. 산후조리원 원장님이 말한 밥해줄 사람은 없었지만 나에겐 믿고 먹는 반찬가게가 있었다.

평일 낮 혼자 병원에 갈 때는 택시를 이용했다. 택시를 타려면 집 앞에 있는 슈퍼의 맞은편 큰길가에 서 있어야 했다. 택시를 타려고 나와 있는 나를 보고 슈퍼 사장님 부부는 의아했을 것이다. 배가 들어간 걸 보니 분명 아이를 낳은 것 같은데 아이는 안 보이고 매일 저렇게 길에 나와서 택시를 잡아타고 있으니. 멀리서 보이는 내 표정이 너무 어두워서 뭔가 일이 있구나, 짐작은 하셨을 것이다. 소리치면 닿을 거리인데도 두 분은 나에게 묻지 않았다. 아이가 퇴원한 뒤 내가 데려가서 인사시키고 나서야 무슨 일 있나 걱정했다며 그제야 말씀하셨다.

슈퍼에서 조금 더 가면 남편과 자주 다니는 커피숍이 있었다. 젊은 사장님이 계속해서 변화를 주며 애정을 갖고 가꾸는 공간이었다. 커피숍은 사장님의 취향대로 캠핑장처럼 꾸몄는데 나와 남편은 이곳을 줄기차게 드나들며 도심 한가운데에서 캠핑하는 느낌을 즐겼다. 하지만 아이가 아프면서 즐겨 가던 커피숍도 몇 달 동안 가지 못했다.

커피숍은 슈퍼보다 늦게, 아이가 퇴원하고 상태가 좀 안정된 뒤에야 갈 수 있었다. 사장님은 아이가 탄 유모차를 보고는 직접 들어서 가게 안으로 옮겨주는 고마운 분이셨다. 아이가 아팠다는 그간의 이야기는 한참 뒤에야 했다. 커피숍 사장님은 그 뒤로도 아이와 함께 가면 이것저것 챙겨주며 친절하게 대해주셨다. 동네에서 아이와 가장 많이 간 곳이 놀이터와 도서관, 이 커피숍이었다. 아이는 커피숍 앞을 지나가기만 해도 손가락으로 가리키며 반가워했다.

아이가 태어나고 일 년 뒤 첫돌을 맞아 떡을 맞췄다. 맛

있다고 소문난 유명한 떡집이었다. 이 집 떡을 꼭 전하고 싶은 곳이 세 군데 있었다. 반찬가게, 집 앞 슈퍼, 커피숍. 이 세 곳을 찾아가 떡을 드렸다. 반찬가게 사장님은 돌잔치를 하느라 신경 쓸 일이 많았을 텐데 우리까지 챙겨주냐며 고마워하셨다. 떡만 건네드리고 나오려는데 돌떡은 그냥 먹는 거 아니라며 급히 다른 반찬을 담아주셨다. 슈퍼 사장님은 아이 옷을 선물해주시고, 커피숍 사장님은 평소 내가 좋아하는 빵을 담아주셨다. 떡을 받는 게 부담스러우실까 봐 손님 없는 시간을 틈타 도망치듯 주고 나왔는데 매번 내 손에는 무언가가 들려 있었다.

반찬가게 사장님께 말씀드리지 않았지만 돌잔치는 하지 않았다. 수술 후 일 년간은 아이의 상태가 불안정했고, 병원 외래 다니기도 정신없어서 돌잔치까지 챙길 기력은 없었다. 대신 집에서 조용히 촛불을 붙이고 노래를 불렀다. 돌잔치도 안 하면서 떡을 맞춘 건 이 세 분께 드리고 싶어서였다. 동네에 마음 붙이고 있던 세 곳이 그 시절의 나를 견디게 해주었다.

아파트에 살아보니

7년 넘게 산 은평구를 떠나 경기도로 이사한 것은 남편이 사무실을 강동구로 옮긴 영향이 크다. 그 전 사무실인 한남동까지는 다닐 만했지만 강동은 아주 멀었다. 서울의 서쪽 끝에서 동쪽 끝으로 출퇴근하는 것은 사람을 하루가 다르게 축나게 했다. 길어진 운전 시간만큼 내 걱정도 늘어났고, 남편의 피로도도 올라갔다.

　남편과 나는 결혼 후 서울에서 경기도로 장거리 출퇴근을 했다. 나는 이직하면서 첫 번째 직장이 있던 종로에서 두 번째 회사가 있는 파주로, 남편은 강남의 첫 회사를 나온 뒤 경기도 구리로 다녔다. 당시 직장이 파주출판단지에 있었기에 내 출퇴근 루트는 '마을버스(놓치면 도보 13분) - 지하철 6호선 - 광역버스 2200번' 조합이었다. 운이 좋아 시간이 딱딱 맞으면 1시간, 운이 보통인 날은 1시간 15분, 조금씩 핀트가 어긋나고 마지막 광역버스가 핵폭탄을 안기면 편도 2시간이 훌쩍 넘는 길이었다.

　마을버스는 내가 타는 곳이 종점이었기에 비교적 시간이 정확히 지켜졌다. 그래도 간혹 놓치는 날에는 씩씩대며 지하철역까지 뛰듯이 걸었다. 지하철도 자주 오는 편은 아니지만 평일에는 10분 안쪽으로 도착했다. 문제는 2200번 광역버스였다. 눈이나 비가 오거나 배차 간격이 길어질 때는 합정역 출구를 돌고 돌아 골목길 안쪽까지 버스를 타려는 사람들의 줄이 길게 늘어섰다. 그런 날은 내가 놀러 가는 것도 아니고 일하러 가는데 이렇게까지 해야 하나, 깊은 한숨이 나왔다.

　출근은 그래도 정해진 곳에서 줄을 서서 타지만 퇴근은 달랐다. 회사 앞에 버스 정류장이 있지만 버스가 멀리 있으면 어차피 시간이 남으니 한 정거장이나 두 정거장 정도 앞으로 걸어간다. 퇴근 시간에는 사람이 많아서 서서 가는 일이 자주 있기 때문이다. 한두 정거장 앞으로 가면 서서 갈 확률을 조금이나마 줄일 수 있다. 다만 가끔 애플리케이션과 실제 버스의 운행이 다를 때가 있었다. 한참 뒤에 있던 온다던 버스가 갑자기 내 옆을 지나갈 때, 심지어 자리가 텅텅 비어 가는 걸 목격했을 때의 내 심정은 정말 울고 싶었다. 그런 날은 다음 버스까지 늦게 와서 자유로를 내내 서서 가야 했다.

남편도 별반 다르지 않았다. 남편은 '마을버스 - 지하철 6호선 - 경의중앙선'을 이용했는데 경의중앙선은 특히나 배차 간격이 길었다. 사람이 많은 구간이라 앉아서 가는 건 언감생심, 젊은 사람이라도 출퇴근길 인파에 휩쓸리며 지하철 안에서 오랜 시간을 보내기란 쉽지 않았다.

꼬박 3년을 이렇게 다니다 보니 장거리 출퇴근이 삶

의 질을 얼마나 떨어뜨리는지 몸소 체험했다. 출근하면서는 퇴근 걱정, 퇴근하면서는 다음 날 출근 걱정이었다. 출퇴근만으로 지친 우리는 대화할 기운도 남아 있지 않았다. 이때의 경험으로 직주근접의 중요성을 깨닫고 남편의 사무실 근처로 이사하기로 했다. 네이버 부동산으로 매물을 검색하고, 직접 찾아가 동네를 둘러봤다. 둘이 살던 신혼 때와 달리 식구가 늘어 두 살 아기가 있었기에 육아 환경도 고려해야 했다.

아이는 새벽부터 일어나 밖에 나가자고 문에 매달려 울었다. 오프로드 걸음마를 마스터하고, 세상 모든 게 신기하며, 전능감에 휩싸인 두 살이었다. 하루 두세 번씩 동네 산책을 하고 근린 놀이터에 출근 도장을 찍었다. 동네에 새로 생긴 도서관은 하루 한 번만 가면 다행일 정도로 수시로 방문했다. 집에서 나설 때는 걸어가거나 유모차에 얌전히 타고 있어도 올 때는 안아달라고 떼를 쓰기도 해서 허리춤에는 아기 띠를 매고 나가야 했다. 인도와 차도가 혼용된, 울퉁불퉁한 길을 무거운 유모차를 끌고 다니다 보면 한 번의 외출로도 나는 녹초가 됐다.

이번에 이사 갈 집은 놀이터가 가까이 있고, 인도와 차도가 구분된 곳이면 좋겠다고 의견을 모았다. 그런 곳을 찾다 보니 아파트가 보였다. 남편과 나, 우리 둘 다 아파트에 살아본 적이 없어서 이번 기회에 경험해보자는 생각도 있었다. 서울은 오래된 아파트도 임대료가 너무 비싸서 경기도로 눈을 돌렸다.

마침 남편 사무실에서 차로 15분 거리인 경기도 하남에 신도시를 만드는 중이었다. 그중 가장 먼저 지은 아파트가 입주를 시작했는데 신축 아파트라 물량도 많고 전세가도 서울보다 저렴했다. 주변이 온통 공사판이고 기반 시설이 전혀 없어서 공사장 속 섬 같았지만 대단지 신축 아파트라 아파트 내부의 시설은 좋았다. 우리가 살던 빌라는 월세로 내놓고, 아파트 전세금은 대출받아 마련했다. 빌라 월세로 아파트 대출이자를 내는 계획이었다. 우리는 7년간 살았던 정든 동네를 떠나 하남으로 오게 됐다.

이사 온 아파트에는 놀이터가 4개나 있어서 아이가 놀기에 최적이었다. 아파트 밖으로 나가지 않아도 이 4개의 놀이터를 도는 데만 두 시간이 훌쩍 갔다. 아파트에 있는 어린이집에도 들어가게 되어서 내 개인 시간도 생

겼다. 운이 좋은 건지 층간소음도 피해 갔다. 윗집은 사람이 안 사는 건가 싶을 만큼 조용하고, 다행히 아랫집으로부터 연락을 받은 적도 없다.

같은 어린이집에 다니는 학부모들과도 인사를 하게 되어 육아 동지도 생겼다. 어린이집에서 하원하면 자연스레 놀이터에서 만나게 되어 서로 이야기를 나누며 친해졌다. 서로의 집도 오가고, 급할 때는 아이들도 봐주었다. 매일 얼굴을 마주하다 보니 아이들도 제 엄마, 아빠처럼 서로의 부모를 따랐다.

지하 주차장은 날씨에 상관없이 차를 온전하게 맡아주었고, 빨리 다니는 킥보드와 자전거만 주의하면 아이는 차 없는 지상에서 걱정 없이 뛰어다닐 수 있었다. 아파트 내 조경이나 벤치도 잘 되어 있어서 굳이 공원까지 찾아가지 않아도 봄, 여름, 가을, 겨울을 느낄 수 있었다.

완벽한 아파트 생활이지만, 단 한 가지 흠은 이 집이 우리 집이 아니라는 것이었다. 더불어 앞으로도 매수는 꿈도 꾸지 못할 만큼 집값이 천정부지로 올랐다. 우리는 전세 기간이 끝날 때를 대비해 다음을 준비해야 했다.

2부

우리가 집에
담고 싶었던 건

다시, 양평

임신 기간에는 쉽게 잠들지 못했다. 화장실에 가느라 밤새 두세 번씩 깨고, 만삭에는 배가 무거워 누워 있는 것 자체가 불편했다. 다가올 출산을 생각하니 심경이 복잡해서 잠이 오지 않을 때도 많았다. 잠 못 자고 새벽에 일어나 소파에 앉아 있는 시간이 많아졌다. 주말이면 부스럭거리는 내 소리에 잠이 깬 남편이 드라이브를 가자고 제안했다.

남편이 봐둔 곳은 팔당 근처의 유명한 커피숍이었다. 7시 오픈 시간에 맞춰 가니 강이 바로 보이는 자리에 앉을 수 있었다. 디카페인 커피를 마시고 강 구경을 하다가 근처 두물머리에 갔다. 연잎 핫도그를 사서 나눠 먹고 산책을 하다 집에 오는 것이 주말 드라이브 코스였다. 새벽에 출발해 점심 먹고 돌아오니 차 막히는 시간도 피할 수 있었다.

아기가 태어난 뒤에도 주말 드라이브는 간간이 이어졌다. 아기는 저녁 8시에 잠들어 새벽 5시면 벌떡 일어났다. 그리고 가차 없이 우리를 깨웠다. 아기가 잠든 뒤 남편과 나는 각자 남은 일을 하고 누우면 열두 시가 다 됐다. 삼십 분만 더 자자고 말해도 혼자 숙면을 취한 아기는 부모의 사정 따위 봐주지 않았다. 자기 양말을 가져와 문 앞에 놓으며 어서 밖에 나가자고 졸랐다. 그럴 때면 우리는 아기도 챙기고 짐도 챙겨서 집을 나섰다. 동네 놀이터도 가고, 팔당 커피숍도 가고, 두물머리도 갔다. 그렇게 몇 번 가다 보니 양평이 친근해지기 시작했다. 남편은 우리가 집을 짓는다면 가장 현실적인 지역은 양평이 아닐까, 말했다.

서울에 살 때도 동네에 매물로 나온 단독주택을 보러 가긴 했다. 집만 놓고 본다면 수리하면 괜찮겠다 싶은 곳도 있었다. 하지만 집은 수리해도 동네는 바꿀 수 없었다. 주변은 모두 주택을 헐고 빌라를 지은 탓에 그 집은 사방이 빌라로 막혀 있었다. 작게나마 마당이 있었지만 주변 건물에서 훤히 보이니 마당이 있다고 한들 나갈 수나 있을까 싶었다. 이런 이유로 기왕 집 짓고 살 거라면

주택이 모여 있는 곳이 나아 보였다. 서울에 비해 양평은 땅값이 저렴하고, 전원주택이 많았다. 그리고 서울 서북권으로는 멀었지만 동쪽으로는 출퇴근이 가능했다.

결혼 초반부터 계속되던 남편의 집 짓자는 이야기를 흘려듣던 나도 산과 강이 보이는 풍경에 점점 매료됐다. 매일 이렇게 푸르른 산이 보이고, 잔잔한 강이 근처에 있다면 참 좋을 것 같았다. 아이는 지나가는 오리 떼만 봐도 깔깔거렸다. 그때부터 우리의 나들이에는 부동산 탐방이 추가됐다. 간 김에 바람도 쐬고 양평도 둘러보자는 생각이었다.

그렇다고 꼭 양평만 고집하지는 않았다. 경기도 내의 다른 땅들도 구경했다. 남편의 친구 중 이미 주택을 지어 사는 사람도 있었다. 그 친구의 집을 방문할 기회가 있었는데 거실과 부엌 창문으로 보이는 나무를 보니 마음이 한없이 편안해졌다. 건강하게 잘 지은 집에서 자연을 벗삼아 살고 싶다는 생각이 강하게 올라왔다. 친구네 집에 온 김에 그 도시의 땅을 알아봤다. 가격은 우리의 예산과 맞았지만 주변이 허허벌판이어서 일단 보류했다.

그 뒤 남편이 강동구로 사무실을 옮겨 하남으로 이사

왔고, 우리의 양평 투어는 더 적극적으로 바뀌었다. 양평에서도 강동구로 출퇴근이 쉬운 서종면이 우리의 관심 지역이었다. 서종면은 양평의 서쪽 끝으로 남편의 사무실까지 차로 40분에서 45분가량 걸렸다. 주말과 달리 평일은 차가 막히지 않았다. 고속도로와 국도가 있어서 때에 따라 두 길 중 하나를 선택해서 다닐 수 있는 장점도 있었다.

인터넷 중개 사이트에서 매물을 보고 연락해 부동산과 약속을 잡았다. 예산, 원하는 땅 크기, 용도 등을 미리 말해 놓으면 비슷한 조건의 땅을 몇 군데 더 보여주었다. 유사해 보여도 계획관리와 보전관리, 토목 유무, 땅의 방향, 진입 도로 등 땅이 가진 조건에 따라 결국엔 제각각이었다. 처음에는 이 땅이 저 땅 같고, 뭐가 뭔지 잘 몰랐는데 계속 다니다 보니 기준이 생겼다. 우리는 땅을 5년, 10년 묵혀둘 것이 아니라 바로 집을 지을 예정이었다. 그러니 이제 막 산을 깎아 공사하는 곳은 제외했다. 또 높이 올라갈수록 뷰는 좋겠지만 눈이 오면 다니기 힘드니 경사가 급한 곳도 패스했다. 우선순위를 두고 다니다 보니 양평이 조금씩 익숙해지기 시작했다.

땅의 첫인상

첫인상에 쉽게 좌우되는 성격은 아니다. 사람을 잘 본다고 생각했지만 처음 느낌과 달라지는 경우가 종종 있기 때문이다. 대학교 오리엔테이션에서 만난 친구는 불만이 가득하고 같이 어울리길 싫어하는 듯 보였다. 하지만 대학을 졸업하고, 만난 지 20년이 흐른 지금은 허물 없이 마음을 터놓는 친구가 됐다. 두 번째 회사로 이직한 뒤 내 사수가 될 사람을 소개받은 순간, '아 잘못 걸렸구나' 싶었다. 깐깐하고 고리타분한 사람으로 보였다. 지내보니 깐깐하고 고리타분한 건 맞았다. 하지만 일을 제대로 가르쳐주는 선배였다. 3년 넘게 지내면서 그 사수는 회사에서 여러모로 버팀목이 되어주었다. 지금 내 인생에서 두 사람을 빼고는 이야기가 되지 않을 정도로.

집을 짓기로 하고 땅을 알아봤지만 느낌이 오는 땅은 없었다. 남편은 집이 앉힐 향, 건축 면적, 동네 분위기, 이웃집 등을 자세히 살폈지만 내 대답은 항상 시큰둥했다. 땅을 보면서도 느낌 타령이냐며 남편에게 구박받았지만 나도 어쩔 수 없었다. 전 재산을 뛰어넘는 액수를 지불하고 지을 집을 느낌 하나만으로 선택할 순 없지만 그래도 내게는 땅이 주는 느낌이 중요했다. 물론 이건 남편이 다른 모든 세세한 조건을 충분히 살필 것이라는 믿음이 있어서 가능했다. 몇 년째 땅을 보러 다녔지만 보면 볼수록 집을 짓는 건 아니라는 생각이 들었다. 그만큼 느낌이 오는 땅이 없었다.

고민이 되는 땅은 몇 개 있었다. 한 곳은 경사는 좀 있으나 단지 내의 도로가 모두 6미터여서 양방향으로 차가 편안히 다닐 수 있었다. 가격도 우리의 예산에 들어왔다. 다만 옆 땅이 관리가 안 되어 풀이 정글처럼 우거져 있고, 서종면에서도 안쪽에 있는 탓에 차로 10분 정도 더 들어가야 했다. 다른 땅은 이제 막 산을 깎아 개발하는 곳인데 가격도 괜찮고 무엇보다 전망이 좋았다. 하지만 이곳은 경사가 높고, 개발을 시작하는 곳이라 당장 집을 짓기는 무리였다. 땅이 다 팔리려면 시간이 걸리고 마을이 들어서기까지 몇 년이 걸릴지 모른다. 사는 내내 공사

소음에 시달릴 수도 있다. 주변에 편의시설이 없는 것도 흠이었다.

그날도 소득 없이 부동산 투어가 끝났다. 세 군데 땅을 본 뒤 부동산 사장님 차를 타고 사무실로 돌아가는 길이었다. 사장님이 "여기 근처에도 땅이 하나 있는데 보고 가실래요?"라고 물었다. 가격을 들어 보니 우리 예산보다 높았다. 서종면에서도 인기 있는 지역인 문호리였다. 심지어 땅 주인이 가격에 대해선 전혀 협상할 생각이 없단다. 볼까 말까 망설이다 여기까지 왔으니 보기로 했다. 길이 좁아서 마주 오는 차가 있으면 누군가 비켜줘야 했다. 그래도 그 구간을 통과하면 길이 넓어졌다. 오르막을 한 번 돌아 사장님이 차를 세웠다.

"여깁니다."

앞서 몇 군데의 땅을 보느라 지쳤던 나는 '이번에도 별로겠지' 싶어 남편만 보내고 아이와 차에 남았다. 그러다 창밖을 봤는데 하얗게 핀 목련꽃이 솜사탕처럼 부풀어 있는 게 아닌가. '어라, 저게 뭐지?' 서둘러 아이에게 신발을 신기고 차에서 내렸다. 아이를 남편 손에 맡기고 땅의 이쪽저쪽을 훑었다. 가까이에서도 보고 언덕 위에 올라가 내려다도 보고 가만히 서서 맞은편 산을 응시하기도 했다. 첫인상이 별로였던 다른 땅에서는 남편이 여기 좀 봐, 저기는 어때, 암만 말해도 움직이지 않던 내가 누가 시키지도 않았는데 저절로 분주해졌다.

어디선가 매물이 마음에 들어도 너무 좋은 티를 내면 가격 협상이 어렵다는 이야기를 들은 터라 내색하지 말아야지 다짐했는데 뜻대로 안 됐다. 옆에 부동산 사장님이 계신 것도 잊은 채 남편에게 소리쳤다.

"와, 여기 엄청 좋다!"

남편 역시 마음에 드는 눈치다. 땅 수십 곳을 봤어도 이런 기분은 처음이었다. 여기라면 집을 짓고 살 수 있을 것 같았다. 그만큼 땅이 주는 느낌이 편안했다. 왜 그런가 생각해보니, 그동안 내가 '느낌'이라는 모호한 개념으로 뭉그러뜨렸던 조건들이 비로소 이 땅을 통해서 구체화하여 나타났기 때문이다. 난 산속에 있는 집보다 집에

서 산이 멀리 보이는 곳이 좋았다. 밤이 되면 빽빽한 나무들이 만들어내는 깊은 어둠이 무서웠다. 그리고 마을과 동떨어진 집이 아니라 마을 속에 있는 집, 그것도 될 수 있으면 외지인 마을에 있는 집을 원했다. 원주민 텃세에 대한 막연한 두려움은 내게 꽤 큰 걸림돌이었다. 나는 어르신들과 싸워서 이길 자신이 없다.

이 땅은 산이 맞은편에 적당히 떨어져 있고, 아랫집이 시야를 가리지 않아 전망이 시원했다. 동네가 들어선 지 얼마 안 되어서 모두 집을 지어 이사 온 사람들이었다.

무엇보다 내 마음을 사로잡은 건 흐무러지게 핀 아랫집의 목련이었다. 멀리 보이는 산에는 초록 나무가, 바로 앞에는 하얗게 핀 목련이, 오른쪽으로 고개를 내밀면 오래되어 웅장한 벚꽃 나무가 어우러졌다. 액자처럼 들어온 이 풍경에 우리 세 식구가 사는 모습이 자연스레 그려졌다. '이제 다른 땅은 볼 필요가 없겠구나' 직감했다.

그 뒤로도 몇 군데의 땅을 더 봤지만 이미 마음에 쏙 든 땅이 있어서인지 단점만 보였다. 3개월간 고심하던 우리는 결국 이 땅을 계약하기로 했다.

잔금과
된장 수제비

7월에 땅을 계약하고, 잔금은 10월에 치렀다. 잔금을 치르는 날은 아침부터 긴장 상태였다. 우리는 셀프 등기를 할 예정이었기에 직접 챙겨야 할 서류와 절차가 많았다. 전날 남편이 미리 인터넷 등기소 사이트에서 서류를 작성해서 가려고 했는데 오류가 나서 실패했다. 잔금 날 아침까지 인터넷으로는 해결이 되지 않아 나머지는 군청에 가서 하기로 했다. 부동산에 셀프 등기를 할 예정이라고 며칠 전에 미리 말해 놓고, 매도인에게도 필요한 서류를 요청했다.

　약속 시간이 되어 부동산에 도착했다. 매도인 부부와 매수인 부부인 우리, 부동산 사장님이 탁자에 마주 앉았다. 큰돈이 전산으로 오가고 각종 서류를 받고 위임장에 도장을 찍었다. 매도인의 위임장을 한 장밖에 안 받은 게 마음에 걸렸지만 부동산에서 해야 하는 절차는 별문제

없이 금방 끝났다.

매도인과 덕담을 주고받은 뒤 등기를 위해 양평 군청으로 향했다. 마침 점심시간이라 남편이 전에 가본 적 있다는 유명한 국숫집에서 밥을 먹고 가기로 했다. 맛집답게 평일인데도 주차장이 꽉 차 있었다. 비어 있는 자리에 간신히 차를 세우고 가게에 들어갔다. 메뉴 중 특이하게 '된장 수제비'라는 것이 있었다. 이름만 듣고는 맛이 쉽게 상상되지 않았는데 남편은 지난번에 왔을 때 이게 맛있었다며 된장 수제비를 시켰다. 남편의 입맛은 평소 나와 반대였기에(나는 맵고 짠 음식을 좋아하고, 남편은 밍밍한 설렁탕류를 선호한다) 나는 비빔국수를 시켰다. 서로 나눠 먹으면 되지, 하는 생각으로.

주문한 뒤 기다리는데 뒷좌석에 인근 주민으로 보이는 아주머니 다섯 분이 오셨다. 그러더니 된장 수제비만 다섯 개를 시키는 것이 아닌가. 아차, 싶었다. 여럿이 와서 골고루 시키지 않고 저렇게 한 메뉴만 인원수대로 주문한다는 것은 저게 이 가게의 대표 메뉴라는 소리다. 불길했다. 핸드폰에 시선이 가 있는 남편을 다급히 불러 속삭였다.

"우리 뒷자리 아주머니들 된장 수제비만 다섯 개 시
키셨어."

남편은 자랑스레 말했다.

"거봐, 된장 수제비가 여기 메인이라니까."

이봐, 거봐라니! 난 들은 기억이 없는데 남편은 분명히
말했다며 억울해했다. 그런 줄 알았으면 나도 그거 시켰
지, 하고 부루퉁해 있다가 메뉴가 나오면 같이 나눠 먹기
로 하고 사태는 진정됐다. 오늘은 중요한 날이니 더 이상
투덜거리지 않기로 한다. 곧이어 비빔국수와 된장 수제
비, 기본으로 제공되는 보리밥이 나왔다. 된장 수제비는
새우도 들어가고 국물도 진하니 맛있었다. 비슷한 걸 찾
자면 해물된장찌개를 들 수 있겠다. 비빔국수도 괜찮았
지만 내 기준에는 된장 수제비가 월등히 맛이 좋았다. 기
분이 쓰렸지만 남편 된장 수제비를 뺏어 먹으며 위안으
로 삼았다.

밥을 먹고 양평 군청으로 갔다. 토지와 도로는 각각 다

른 땅이기에 우리가 등기할 부분은 토지 하나, 도로 하나 이렇게 총 두 필지였다. 은행, 세무서, 등기소 등을 분주히 오가며 각종 돈을 납부하고 행정적인 절차를 처리했다. 중간에 매도인에게 받은 위임장에 실수해서(등기원인은 매매일이 아니라 계약일을 써야 하는데 내가 매매일을 써넣었다) 혈압이 뚝 떨어지기도 했다. 실수하면 매도인 인감

을 다시 찍어야 하기에 틀리지 않으려 애를 썼는데 너무 기본적인 실수를 해버렸다. 이런 때를 대비해 위임장을 여분으로 한 장 더 받고 싶었으나 매도인이 거부감을 보여 그러지 못했다. 급히 매도인에게 전화하니 다행히 군청에 계셨다. 부리나케 달려가 위임장을 새로 받아왔다. 실수한 부분은 등기소 직원분이 친절히 알려주서서 다시 작성해 제출했다.

최종적으로 등기소를 나선 때가 오후 3시 45분. 두 시간 남짓 걸렸다. 모든 서류를 접수한 뒤에야 긴장이 풀렸다. 남편도 나도, 이제야 서로에게 고생했다는 말을 건넬 수 있었다. 아이는 어린이집에 긴급보육을 보내서 5시까지 데리러 가면 됐다. 아침까지만 해도 등기를 마치면 모처럼 오붓하게 커피까지 마시고 오자고 했는데 우리가 어리석었다며 웃었다. 여유로운 커피 한 잔은커녕 등기소 앞에서 사진 한 장만 남긴 채 아이 하원 시간에 맞춰 서둘러 집으로 향했다.

서류가 미비하면 보정이 나올 수도 있다고 했는데 다행히 일주일 뒤 우편으로 등기가 완료된 서류가 도착했다. 등본에 새겨진 이름을 보니 비로소 우리가 집을 짓는다는 게 실감 났다.

끝으로 이것만은 꼭 기억하시라. 그 국숫집의 메인은
된장 수제비다.

고장 난
믹서기를
고치며

믹서기가 고장 났다. 아이에게 바나나 우유를 만들어 주는 용도로 자주 쓰는데 몸통에 있는 홈에 자꾸 물이 들어갔다. 설거지하다 보면 당연히 물이 들어갈 수밖에 없는데 문제는 이 부분이 분리가 안 된다는 것이다. 홈에 들어간 물이 잘 빠지지 않으니 그 안에 물때가 끼었다. 힘으로 빼보려고 했으나 쉽지 않았다. 최신 모델은 분리가 되는 모양인데 과거 버전인 내 믹서기는 일체형이기 때문이다. 물때가 보이니 영 찝찝하지만 기구가 들어가는 곳까지만 닦아서 썼다.

주말 아침 아이가 바나나와 우유를 들고 와서 남편에게 갈아달라고 했다. 남편은 설거지통에 있던 믹서기를 닦는 것부터 시작했다. 믹서기 칼날 부분의 고무 패킹을 빼서 닦았는데 이걸 다시 끼우려니 쉽지 않았다. 핀셋도 써보고 포크로 누르면서 해봐도 고무 패킹은 들어가는 척하다가 다시 튕겨 나왔다. 아무래도 믹서기의 칼날을 빼서 고무 패킹을 끼운 뒤 다시 조립해야 할 것 같았다. 남편이 연장통을 가져와 판을 벌였다. 시작은 고무 패킹이었지만 결국 믹서기 본체의 홈까지 분리하려는 시도가 계속됐다. 나도 패킹을 끼우고 칼날을 분리해보려 드라이버를 만지작거렸지만 잘 안되길래 몇 번 하다가 진즉에 그만두었다.

아이는 자기의 바나나 우유가 언제 되는가 싶어 계속 남편 근처를 기웃거렸다. 연장이 위험하니 근처에 가지 못하게 했더니 바나나와 우유를 아빠 근처에 놓고 간다. 얼른 해달라는 거다. 그만 포기하고 이참에 새로 사자는 나와 그래도 끝까지 해봐야 한다는 남편 사이에서 주말 오전이 흘러갔다. 남편 눈에서는 레이저가 나오고 있었다. 남편은 이날 못 고친 믹서기를 다음 날 아침 결국은 고쳐 놓고 출근했다.

나는 포기가 빠른 편이다. 설령 그것이 조금 부당해 보이는 일이라도 누군가가 "안 된다"라고 하면 바로 "네" 하고 돌아선다. 나와 대화하는 사람이 그 결정을 뒤집을 만한 권한이 없는 위치라면 더더욱 그러하다. 지금 마주하

고 있는 사람에게 언성을 높인들 화풀이밖에 더 되겠는
가. 정식으로 항의하려면 결정권자에게 의견을 내면 되
겠지만 그건 또 귀찮아서 관둔다. 대개는 그냥 내가 짐작
할 수 없는 어떤 내부 사정이 있겠지, 생각하는 편이다.

매번 이렇게 도망치듯 빠져나오다 보니 마음 한편에는
행동하는 사람들에게 늘 빚을 진 기분이다. 그래서 자신
의 불편을 무릅쓰고 옳은 방향으로 물길을 돌리기 위해
싸우는 사람들을 존경의 눈으로 보게 된다. 세상은 저렇
게 바꾸려는 사람 덕분에 변하고, 가만히 앉아서 "네네"
만 하고 있던 나는 행동하는 사람들이 바꿔 놓은 세상에
서 혜택을 본다. 나 같은 사람은 그런 사람에 빚지고 기
대어 사는지라 평소에 이런 사람을 만나면 감사한 마음
이 앞선다.

하지만 막상 그렇게 따지는 사람이 내 옆 사람이면 골
치 아파진다. 남편은 안 되는 이유가 무엇인지 알아야 하
고, 잘못된 관례가 있다면 그걸 고치길 요구한다. 안 되
더라도 이유는 정확히 알고 싶어 한다. 어떤 이유로, 어
디에서 막혀서 안 되는지, 해결 방법이 정녕 없는지 찾으
려 노력한다. 안 된다는 사람 앞에서 굳이 더 캐묻지 않

고 돌아서는 나와는 태생이 다르다. 그럴 때면 나는 돌아서려다 말고 남편 옆에서 엉거주춤하게 서 있는 모양이 되곤 한다.

남편의 성격이 매번 장점일 수 없듯이 내 성격 또한 매번 단점이 되진 않는다. 남편은 묻고 해결하는 과정에서 꽤 스트레스를 받고 많은 시간을 쓴다. 나는 에너지를 아끼고 내적 상처를 미리 피하지만 문제 해결을 위해 원점에서부터 다른 방법을 찾거나 일정 부분 피해를 감수하고 포기한다.

토지 등기를 마친 뒤 관계자 변경과 산지전용허가를 연장하는 데 예상보다 오랜 시간이 걸렸다. 등기만 마치면 마음을 놓아도 될 줄 알았는데 여기저기에서 난관이 나타났다. 그때마다 남편은 여러 곳에 전화하고 협의를 위해 군청으로 내달렸다. 막히는 과정마다 직접 해결하며 앞으로 나아갔다. 몇 주 뒤 민원이 처리됐다는 문자가 왔다. 남편은 한숨을 돌렸고, 믹서기를 고친 날처럼 일찌감치 포기한 나는 온몸으로 부딪치며 앞으로 나아간 남편 옆에서 조금은 머쓱해졌다.

경계를 찾아서

한 달 반을 기다려 겨울에야 측량일이 됐다. 지역마다 대기 기간이 다른데 양평은 측량 일정이 많아서 이제야 차례가 된 것이다. 우리 땅을 기준으로 양 옆집 모두 지은 지 오래되지 않았다. 가운데에 있는 우리 땅은 토목을 한 뒤 몇 년 동안 공터로 있었다. 두 집 모두 집을 짓기 전 측량을 했을 테니 우리 땅을 침범하거나 우리 땅이 옆집으로 넘어가는 등의 큰 문제는 없으리라 생각했다. 그래도 측량일에 내 땅 주변으로 맞물린 이해관계인이 참여하는 게 좋으므로 미리 양 옆집에 롤케이크와 함께 측량 소식을 전했다. 한 집은 부재중이어서 선물과 쪽지만 남기고 돌아왔다.

　다음 날 11시에 맞추어 문호리로 향했다. 30분 정도 먼저 도착해 주변을 둘러보았다. 노란 잠바를 맞춰 입은 세 분이 우리 땅 주변을 분주히 오갔다. 지적공사에서 나온

측량 팀이 경계점을 잡는 중이었다. 측량 팀에 우리가 왔음을 알린 뒤 양 옆집의 초인종을 눌렀다. 다행히 모두 집에 계셨다. 정식으로 인사를 나누고 측량하는 모습을 함께 지켜보았다.

측량은 한 시간가량 걸렸다. 평지에 있는 땅이라면 조금 더 일찍 끝났겠지만 옹벽 아래쪽도 측량하기 위해 경계점을 새로이 잡아야 해서 예상보다 오래 걸렸다. 옹벽이 혹시라도 경계를 넘어갔을까 봐 걱정했는데 다행히 경계 내에 여유 있게 들어와 있었다.

각종 장비를 들고 측량하는 모습을 지켜보자니 아빠 생각이 났다. 아빠는 단독주택에서 아침이면 수도와 전기계량기 숫자를 기록했다. 그렇게 매일 사용량을 점검하는 것으로 하루를 시작했다. 폭설이 와도 장맛비가 들이닥쳐도 건너뛰지 않았다. 그렇게 기록한 사용량을 한 달 뒤에 나오는 고지서와 비교했다.

아빠의 매일 반복되는 루틴에는 가계부도 빼놓을 수 없다. 결혼 후부터 쓰기 시작했다는 가계부가 벌써 몇 권째인지 모른다. 스프링 노트를 펼쳐 왼쪽 페이지에는 아빠가 쓰고, 오른쪽은 엄마에게 쓰도록 했다. 십 원 단위까지 모두 적고(아빠 나이 일흔이 넘은 지금은 백 원 단위까지만 쓰는 걸로 너그러워졌다), 전기, 수도 등의 공과금은 알아보기 쉽도록 노란색 형광펜을 덧입혔다. 동네 아줌마들과 고스톱을 치다가 패해서 아빠 모르게 돈을 메꿔야 할 때면 엄마는 딸들의 이름을 적으며 '땡땡이 용돈' 이런 식으로 입출금을 맞춰 놓았다. 잔액이 맞지 않으면 아빠가 잔소리를 늘어놓았기 때문이다.

내가 결혼한 뒤 부모님은 아침마다 사용량을 체크하던 주택을 떠나 아파트로 이사했다. 자의 반, 타의 반이었는데 우리 동네가 옛 성곽 자리라서 마을 여러 집이 문화재 복원 사업에 포함됐기 때문이다. 집마다 보상액이 산정됐다. 보상액이 집 크기와 상관이 있었던 모양인데 아빠는 전문 장비 하나 없이 오래된 줄자로 우리 집을 재기 시작했다. 그런데 몇 번을 재도 군에서 알린 면적이 아빠가 잰 것보다 작았다. 이는 곧 보상액과 연결되는 일이었다. 며칠 동안 아빠는 눈만 뜨면 줄자로 집을 재기 시작했다. 이렇게도 재보고, 저렇게도 재보고. 그래도 집의 크기는 달라지지 않았다.

군에서는 아빠의 의견을 듣고 측량을 다시 해보기로

했다. 새로 측량했을 때 원래보다 보상액이 적게 나와도 이의 없이 따르기로 하고 일이 진행됐다. 결과는 아빠가 오래된 줄자 하나에 의지해 잰 것이 맞았다. 아빠의 오랜 꼼꼼함이 빛을 발한 순간이었다. 물론 측량하는 동안 아빠는 측량 팀 옆을 그림자처럼 지켰다.

우리 땅을 측량하는 날은 최강 한파여서 아빠처럼 꼼꼼히 측량 팀을 따라다니지는 못했다. 나름 챙긴다고 두툼하게 입었지만 밖에 오래 있다 보니 장갑 낀 손마저 얼어붙을 지경이었다. 이웃분들도 우리 때문에 집에 들어가지 못하고 밖에 계셨다. 옆집에서 마당에 불을 피워 자리를 내주고, 또 다른 이웃집에서는 레몬차를 주셨다. 따뜻한 레몬차를 마시니 몸이 녹았다. 그 사이 남편은 측량 팀이 갖춰 입은 두툼한 고어텍스 점퍼를 탐내며 옹벽 위 아래를 오르내렸다.

측량이 모두 끝나고 경계 지점에는 빨간 말뚝이 세워졌다. 모든 경계가 명확해졌다. 빨간 말뚝 안에 있는 돌멩이, 겨울이라 갈색으로 변해버린 풀마저 다르게 보였다. 돌멩이 하나를 주워 주머니에 넣고 괜히 만지작거렸다. 고생한 측량 팀에 인사하고, 서류에 사인한 뒤 차에

올라탔다. 밖에 오래 있었던 탓에 손이 녹지 않아 히터를
켜고 한참을 앉아 있었다. 이제 좀 안심이 됐다.

끝날 때까지
끝나지
않은 설계

측량을 마친 뒤 남편은 길고 긴 설계에 들어갔다. 무심코 지나가다 남편 모니터를 봤는데 낯선 집이 펼쳐져 있었다. 저 건물은 뭐지, 새로운 일을 하는 건가 싶어서 물어봤다.

"이건 누구 집이야?"

남편은 당연한 듯 말했다.

"우리 집이지."

"아, 그렇구나…." 남편 책상에서 물러나 내 자리에 앉았다. 며칠 전 마지막으로 봤을 때와는 또 무언가 바뀌어 있다. 우리 집은 중정을 품은 디귿 모양이 됐다가, 박공

지붕의 이층집으로 변신했다가, 별채가 딸린 니은 모양이 되기도 한다. 때로는 격하게, 때로는 소심하게 변화를 거듭하는 중인데 그 배후에는 남편이 있다.

집을 지을 때 내가 바란 건 두 가지였다. 첫째는 화장실이 두 개일 것인데 정확히는 '변기 두 개'다. 식구로서 끼니를 같이하다 보니 화장실을 가는 시간이 겹친다. 네 시간, 내 시간 모두 소중하니 그 안에 있는 사람을 미워하지 말자는 취지다. 둘째는 독립된 내 서재였다. 두 번째 요구에는 다소 괴상한 조건이 달렸는데 방의 폭은 내 양팔을 벌리면 닿을 정도로 좁고, 창문이 하나도 없었으면 좋겠다고 했다. 내가 노량진에서 살았던 창문 없는 고시원처럼 말이다. 좁은 방에 책상과 컴퓨터만 있으면 딴짓을 안 하고 일을 열심히 할 것 같았다. 남편은 내 말을 듣고 난색을 보이더니 좁은 건 가능하나 창문은 환기와 햇빛을 위해 있어야 한다고 거절했다.

이 두 가지 외에는 남편에게 일임했기에 설계가 바뀔 때마다 그저 변기가 두 개인지, 내 서재가 어디인지만 확인했다. 작은 땅 위에서 내 서재는 사방팔방 옮겨 다녔다. 2층 외딴방이 됐다가 마당 한쪽 구석에 바퀴 달린 이

동식 창고가 됐다가 어느 날은 침실 옆에 얌전히 자리하고 있었다. 이제는 그저 어디든 붙어 있기만 해다오, 하는 심정이다. 남편 서재도 상황은 다르지 않다. 2층의 가장 경치 좋은 자리를 차지했다가, 면적이 안 나와서 아예 없애버렸다가, 지금은 1층에 둥지를 틀었다.

남편은 설계가 끝날 때마다 모형을 만들었다. 3D 설계 소프트웨어인 스케치업 프로그램으로 여러 번 봤기에 실물 모형으로 본다고 컴퓨터 화면과 크게 다를까 싶었다. 그런데 실물 크기를 그대로 줄여 만든 집 모형은 집을 실제처럼 보여주었다. 컴퓨터 화면에서는 좋아 보였는데 막상 모형을 만들어 앉혀 보니 생각과 다른 경우도 생겼다. 우리 집만 떼어 놓고 보면 괜찮은데 이웃집과 어우러지지 못하거나 땅과 묘한 긴장감을 형성하기도 했다. 폼보드로 거칠게 만든 모형인데도 이렇게 보니 다르다며 감탄했더니 남편이 말했다.

"이래서 모형을 꼭 만들어야 하는 거야."

　창문 위치나 크기 하나 정하는 것도 내 집이라 그런가 쉽지 않다는 남편에게 사실 어떤 집이든 네가 짓는 거면 좋을 거라고 말하지는 못했다. 아이의 키에 맞춰 앉았다 일어났다 하며 아이 눈높이에서 보일 마당 풍경까지 신경 쓰는 남편의 정성을 알기 때문이다. 이제 진짜 끝났다, 하면서도 남편은 여전히 설계 도면을 만지고 있다.

혼자
노닥거릴 공간,
서재

남편은 큰 책상을 선호한다. A3 크기인 설계 도면을 여러 장 보고, 트레이싱 페이퍼에 스케치하고, 우드록으로 건물 모형도 만들려면 작은 책상으로는 빠듯하다. 그래서 책상 두 개를 기역 모양으로 붙여 쓰곤 했다. 하지만 아파트에서는 공간이 부족해 책상을 하나만 가지고 왔더니 역시나 자리가 모자라 보조 테이블을 옆에 두고 근근이 지내는 중이다.

나는 책상에서 주로 외주 편집일, 글쓰기, 책 읽기를 하므로 책상의 크기가 일 순위는 아니다. 또한 책상 위에는 항상 여러 권의 책과 이면지, 볼펜이 굴러다녀서 책상 상판을 보기가 어려우므로 비싸고 좋은 책상에도 욕심이 없다(깔끔하게 정돈된 남편 책상과 달리 내 책상은 어느 정도의 혼돈을 내포하고 있다). 내 기준에서 책상은 싸고 튼튼하면 좋은 것인데 지금 쓰는 책상은 이 조건을 과하게 충족한다. 10년이 넘었는데 너무 멀쩡해서 바꾸고 싶어도 바꿀 수가 없다.

책상을 볼 때 싸고 튼튼한 것만큼이나 중시하는 것이 밀폐성이다. 책상은 집 전체에서 온전히 나 혼자 쓰는 공간이다. 거실, 부엌, 안방은 다른 가족과 함께 써도 책상은 공유하지 않는다. 아이가 가끔 내 책상에서 컴퓨터를 만지거나 그림을 그리지만 이건 아이에게만 두는 약간의 예외다.

우리 집 책상 배치에는 원칙이 있다. 남편 자리에서 내 모니터가 안 보이게끔 한다. 남편은 본인 모니터가 보이든 말든 신경 쓰지 않으므로 오픈된 자리를 주고 난 구석으로 들어간다. 보통의 회사로 보면 나는 사장 자리, 남편은 사원 자리다. 고개를 조금만 들면 남편이 뭘 하는지 볼 수 있다. 반면 남편은 내 자리를 보려면 일어나서 몇 걸음 떼야 한다. 하지만 그땐 이미 늦었다. 남편이 일어남과 동시에 나는 '알트(alt)+탭(tab)' 키를 눌러 화면을 전환한다.

회사 생활에서 얻은 반사신경이랄까. 뇌보다 손이 먼저 움직인다. 도박하거나 범법 행위를 저지르는 것은 아

니지만 일단 가린다. 남편은 자신이 무엇을 하는지 공유
하는 걸 좋아해서 내가 뭘 하는지도 알고 싶어 한다. 호
시탐탐 내 자리를 궁금해하는 남편은 불시에 내 책상을
점검하려 들지만 나도 만만치 않다. 창과 방패의 팽팽한
접전이다.

　마음 같아서는 책상을 완전히 안 보이게 하고 싶었다.
그래서 신혼집에서는 독서실 책상을 사기도 했다. 사방
이 막힌 방처럼 생긴 걸 사려고 했으나 가격과 크기가 만
만찮아서 차선책으로 덜 막힌 걸 샀다. 내 방을 가질 수
없다면 밀폐된 책상이라도 갖고 싶었다. 독서실 책상을
잘 쓰다가 두 번째 집으로 이사하면서 둘 곳이 마땅치 않
아 중고로 팔았다.

　　대학교 때 살았던 학교 기숙사는 좁은 방에서 네 명이
복닥거렸다. 생활 습관과 활동 시간대가 달라서 불편하
긴 했지만 이층 침대에 올라가 커튼을 치면 내 공간이 생
겼다. 처음엔 멋모르고 얇은 홑겹 커튼을 달았더니 빛이
다 들어왔다. 같은 방 언니가 중간에 기숙사를 퇴소하면
서 물려준 두툼한 암막 커튼을 치니 비로소 침대 안과 밖

이 완벽히 차단됐다. 어두컴컴해진 침대 머리맡에 책상 조명을 켜 놓고 엎드려서 책을 읽거나 핸드폰을 하며 뒹굴뒹굴했다.

암막 커튼을 친 침대가 지금은 책상으로 그 대상이 바뀌었다. 그리고 우리가 지을 집에서는 서재로 나타날 것이다. 거창하게 뭘 하지 않아도 혼자 노닥거릴 나만의 공간이 필요한데 그게 서재다. 책상 하나로 남편과 아이를 막기에는 역부족이니 온전히 분리된 공간을 원한다. 문호리 집에서는 나의 서재와 남편의 서재를 분리하기로 했다. 남편의 서재는 1층, 내 서재는 2층이다. 남편이 서재 두 개를 옆 방으로 나란히 배치해서 쓰자는 이야기를 하기에 극구 사양했다. 그리고 남편 서재와 내 서재는 최대한 멀리 떨어지게 해달라고 부탁했다. 노파심에 틈틈이 설계도를 보며 서재 위치를 확인하고 있다. 내 서재를 별채로 뒀으면 자물쇠도 달고 싶었는데 2층에 자리 잡은 지금은 방문을 잠그는 것으로 만족해야겠다.

외국도
집 지으면
10년 늙는구나!

넷플릭스에 〈그랜드 디자인〉이라는 프로그램이 있다. 영국의 TV 프로그램인데 인테리어 디자이너인 케빈 매클라우드가 집을 짓는 사람들을 찾아가 과정과 결과를 소개한다. 그중 '이스트 런던의 작은 집' 편에는 한 커플의 이야기가 나온다. 이 회차의 공식 소개 글은 다음과 같다.

"비싼 월세에 질린 커플이 낡은 작업장에 런던에서 가장 작은 침실 2개짜리 집을 짓는다. 공간이 작으니 지하를 공략하는 커플. 실속 있는 3층 구조에 없는 것 빼고 다 있다!"

집을 지으면서 직장까지 관두고 이에 매진하는 남자의 이름은 '조'이다. '조'는 여러 난관에 부딪히는데 그가 저지른 가장 큰 실수는 지하를 파는 토목 공사에서 일어난

다. 흙막이 공사를 하지 않아도 된다는 업자의 말을 믿고
지하를 파다가 흙이 무너져 내린 것이다. 흙막이 공사란
흙을 쌓거나 터를 팔 때 무너지는 것을 방지하기 위한 공
사다. 모르는 사람이 봐도 흙이 금방 쏟아질 듯 위태로워
보이는데 조는 업자 한 사람의 말만 듣고 그 과정을 생략
한다. 비용과 시간을 아끼려다 되려 돈은 돈대로 들고,
공사 기간은 늘어나고, 새로운 업자를 찾아야 했다. 상심
한 '조'의 얼굴을 보며 남편에게 말했다.

"'조'처럼 되면 안 된다."

여러 우여곡절 끝에 '조'는 작지만 멋진 집을 완성한다.
지금까지의 고생을 모두 잊게 할 만큼 근사하다. 하지만
집을 지으면서 점점 초췌해지던 그의 얼굴을 잊을 수 없
다. 외국도 집 지으면 고생하는 건 똑같구나 싶었다. 동
질감도 느껴지고 역시 집 짓기가 쉽지 않은 일임을 다시
한번 깨닫는다. 집 지으면서 10년 늙는 건 다 똑같나 봐,
라는 내 말에 남편이 대답했다.

"욕심을 버리면 돼."

사실 조는 공사 중간중간 몇 가지를 추가한다. 물론 다 좋은 것들이지만 빠듯한 예산과 이미 넘겨버린 공사 기한에도 불구하고 그는 고집을 굽히지 않는다. 부족한 자원을 메꾸기 위해 자신이 직접 공사 현장에서 일한다. 한 번 지으면 오래 써야 하니 지을 때 잘 짓자, 하는 생각이 들다가도 좋은 것을 고르자면 끝이 없으니 문제다.

예산이 충분하다면 상관없지만 프로그램에 나오는 다른 집들도 예산이 남아도는 곳은 없다. 공사비가 모자라 내부 인테리어를 생략하고, 인건비를 아끼려고 온 가족이 동원돼 벽돌을 쌓기도 한다. 모두 빠듯한 가운데 강약을 조절하며 예산을 맞추기 위해 노력한다. 우리가 지을 집에서도 정말 중요하다고 생각하는 몇 가지에만 집중하자고 마음을 다잡는다.

<그랜드 디자인>을 보면서 인상 깊었던 점이 하나 더 있다. '조'와 '리나' 커플도 그렇지만 다른 회차에 나오는 부부들도 말을 참 다정하게 한다. 특히 '자급자족으로 짓다' 편은 10년에 걸쳐 집을 짓는 데도 닦달하거나 싸우지

않는다. 오히려 "남편을 믿어요", "우리는 지금 삶에 만족해요" 이런 대화가 오간다. 우리 같으면 방송이고 뭐고 이미 고성과 삿대질이 천장을 뚫었을 텐데 말이다. 진행자가 빠듯한 예산이나 집을 지으면서 생긴 문제점 등 예민한 질문을 던져도 그들은 비난의 화살을 상대에게 돌리지 않는다. 서로 기운을 북돋고 고생했다고 말할 뿐. 욕심을 버리고, 서로에게 따뜻하게 대하기. 집 지을 때 가장 중요한 마음가짐은 이 두 가지가 아닐까 싶다.

고생한 '조'에게 지구 반대편에서나마 안부를 전한다. 멋진 집에서 행복하게 살아'조'.

뒤늦게
건축 필증을
받다

건축관계자 변경은 연말에 완료됐는데 아직 필증을 찾으러 가지 못했다. 보통은 건축허가를 받는 것으로 시작하는데 우리는 전 주인이 토목을 위해 허가받아 놓은 상태였다. 건축허가를 받고 토목을 완료한 땅을 우리가 산 것이다. 주인이 바뀌어도 허가는 승계가 되기에 우린 설계자와 건축주를 변경하는 건축관계자 변경 신고를 했다. 민원이 처리됐다고 연락이 왔는데 직접 군청에 갈 시간이 도통 나지 않았다.

아침에 출근하려던 남편은 갑자기 생각이 난 듯 "필증 찾으러 가야 하는데" 하고 혼잣말했다. 그러고는 다시 출근 채비에 열중했다. '오늘 간다는 건가?' 갸우뚱했지만 더 말이 없길래 아이 도시락통과 물통을 챙겨 어린이집 가방에 넣었다. 남편 배웅을 하고 잠시 뒤 아이도 어린이집에 데려다주는데 남편에게 전화가 왔다.

"이따 양평 같이 갈래?"

"어, 좋지!"

남편 말이 끝나기도 전에 대답이 나갔다. 안 그래도 아침에 '갈 거면 나도 같이 갈래' 하려다가 더 얘기가 없길래 말았다. 남편은 꼭 오늘 가려던 건 아니었는데 혼잣말을 들은 내가 눈을 번뜩이며 자기를 쳐다보더란다. 내 눈빛을 무시하고 일단 출근했는데 그 모습이 잊히지 않아 전화한 것이다. 모처럼 날도 좋고 코로나로 외출도 어려워서 집에만 있는데 드라이브를 겸해서 양평에 가기로 했다.

점심은 양평 군청 가는 길에 있는 국숫집에서 먹기로 했다. 잔금을 치르고 군청에 등기하러 간 날 들른 예의 그 국숫집이다. 공사 구간이 있어서 조금 막히긴 했지만 두물머리를 지나 남한강을 보며 신나게 달려 국숫집에 도착했다. 지난번의 실수를 만회하고자 이번에는 둘 다 된장 수제비를 시켰다. 먼저 나오는 보리밥에 열무김치와 겉절이를 넣어 쓱쓱 비벼 먹고 있으니 친애하는 된장 수제비가 나왔다. 내가 지난번에 너를 못 먹어 어찌나 원통했는지 아느냐, 크게 한술 떠서 입에 넣었다. 남편이 밥을 먹으면서 개인사업자의 장단점, 주식, 부동산 이야기를 했지만 된장 수제비에 푹 빠진 나는 최소한의 맞장구만 쳐 주었다. 매우 흡족한 식사를 마치고 군청으로 향했다.

건축과에서 두 장짜리 안내문을 받아 군청 세무서와 은행에 들러 세금을 냈다. 납부 고지서를 들고 다시 건축 과에 가면 건축 필증을 준다. 건축주와 설계자가 모두 남 편으로 바뀌어 있다. 이것이 오늘의 목표였던 '건축관계자 변경신고필증'이다. 토지 잔금을 치르고 등기하러 군청 에 온 날은 몸도 마음도 무척 바빴는데 오늘은 처리된 민 원을 확인하고 필증만 받으면 돼서 한결 마음이 편했다.

평일 낮이라 돌아오는 길도 수월했다. 강물이 잔잔하게 흐르는 아름다운 경치를 구경하다가, 도로 위에서 우물쭈물하는 초보 운전자에 동병상련을 느끼다가, 그렇게 굼뜨게 하면 언제 출발하지 싶은 과속 운전자를 욕하다 보니 목적지에 도착했다. 남편은 다시 사무실로 가고 나는 아이하원 시간이 가까워져 서둘러 어린이집으로 향했다.

이미 바뀐 사실을 알고 있으면서도 그걸 문서로 확인하는 건 또 다른 느낌이다. 준비해야 하는 많은 서류에 혀를 내두르다가도 막상 처리됐다는 연락이 오면 '한고비 넘겼구나' 하는 안도감이 든다. 남편의 설계도 마무리되고, 시공사 선정도 끝났다. 우리는 패시브 주택을 지을 예정이라 시공사 역시 저에너지, 패시브 건축을 하는 곳으로 정했다. 이제 공사를 시작하면 된다.

집 짓기는
선택의 연속

누군가 결혼해서 가장 좋은 점이 무어냐고 물으면 "결혼식이 끝난 것"이라고 대답하곤 했다. 결혼은 결정할 일이 많았다. 크게는 결혼 날짜, 결혼식장, 신혼집, 신혼여행이 있고, 자잘하게는 드레스, 부케, 청첩장, 신혼집에 들여놓을 밥그릇, 수저, 물컵 등이 있다. 남편과 나는 둘 다 자취해서 각자 쓰던 물건을 많이 가져왔다. 그런데도 이거 고르면 저거, 그다음엔 새로운 무언가가 선택을 기다렸다. 결혼식 당일에는 미리 골라 놓은 드레스와 턱시도를 입고, 정해 놓은 노래를 틀고, 미리 선택한 식사를 하객들에게 대접했다. 정신없던 결혼식이 끝난 뒤 후련했다. 내 인생에 다시는 이렇게 단기간에 무언가를 결정할 일이 없으리라 생각했다.

　하지만 결정할 게 그리 많았던 결혼식도 집 짓기에 비하면 애교였다. 설계 과정에서 굵직한 부분은 남편이 결정했는데도 그렇다. 조명이나 창호, 실내 페이트, 붙박이장 등은 남편이 정하고 나는 확인만 했다. 일부는 내 의견을 고려해 남겨둔 것도 있었다(남편도 고르다 지쳐서 나에게 선택권을 넘긴 것 같다). 화장실에서 쓰는 변기, 세면대, 샤워기, 욕조, 거울, 수납장을 골라야 했고, 화장실과 현관에 붙일 타일도 서둘러 정해야 했다. 우리는 건축주 직영 공사이므로 자재를 사서 현장에 갖다 드려야 다음 공정으로 넘어갈 수 있다. 선택이 공정 속도를 못 따라가면 공사가 지연된다. 그동안 너무 남편에게만 짐을 지운 것 같아서 이번에는 내가 주도적인 역할을 하기로 마음먹었다.

그런데 문제가 있었다. 내가 좋아하는 것들로 공간을 꾸밀 좋은 기회인데 그 기회를 잡을 역량이 부족했다. 그동안 빌라든 아파트든 지어진 곳에 들어가 큰 불편 없이 살았다. 누가 어떤 걸 골라 놨든 거기에 맞추어 살면 됐다. 밝은 건 밝은 대로, 어두운 건 어두운 대로 장단점이 있었다. 그러다가 직접 내 취향을 반영해 물건들을 고르자니 취향이 뭔지, 그게 있기나 한 건지 나조차 헷갈렸다. 이것도 좋아 보이고, 저것도 좋아 보이고…. 그나마 다행이라면 선호도 없지만 불만도 없다는 걸까. 이번에도 누가 나 대신 골라줬으면 싶었다. 불평 없이 쓸 자신이 있으니 선택도 미루고 그에 따른 책임도 넘기고 싶었다.

우물쭈물하고 있는데 화장실에 설치할 수전과 변기는 다행히 남편이 브랜드를 정해 놨다. 한결 가벼운 마음으로 매장에 갔다. 미리 인터넷을 보고 갔는데 현장에 있는 것도 있고 없는 제품도 있었다. 한참 살펴봤지만 이게 나을까, 저게 나을까 결론을 내리지 못했다. 1층 화장실과 2층 화장실의 크기가 달라서 각 층에 놓을 세면대와 수전을 다른 것으로 골라야 했다. 설치 후의 모습이 머리에 쉽사리 그려지지 않았다.

한 번 방문으로는 감이 오지 않아 카탈로그를 정독하고 몇 번 더 갔다. 네모난 세면대를 고르고 싶었는데 다행히 마음에 드는 제품이 있었다. 2층은 공간이 넓어서 큰 네모를 넣고, 1층에는 똑같은 모양의 작은 네모 모양의 세면대를 설치하기로 했다. 샤워기, 거울은 남편이 정했다. 여러 번 방문했더니 그래도 마음이 가는 제품이 보이기 시작했다.

욕실에 들어갈 용품은 끝이고 이제 타일로 넘어갔다.

욕실에 비하면 타일은 난도가 높았다. 종류가 너무 많아
서 눈이 휙휙 돌아갔다. 우리 집에서 타일을 깔 곳은 화
장실 두 곳과 현관, 이렇게 세 군데다. 세 곳 다 하나의 타
일로 할 예정이므로 모두에 어울리는 타일을 찾아야 했
다. 타일 한 장만 달랑 들고는 실제로 이게 벽을 채웠을
때 어떤 느낌일지 알기 어려웠다. 매장에서 마음에 드는
타일의 샘플을 가져와 직접 현장에서 대보기로 했다. 화
장실과 현관을 돌며 타일 여러 장을 비교하니 비로소 감
이 왔다. 우리는 관리가 쉽도록 밝은색보다는 어두운색
을 선호해서 노출 콘크리트와 비슷한 톤의 회색 포쉐린
타일로 결정했다.

다음은 2층 바닥에 깔 원목 마루였다. 1층은 바닥용 페인트 도장을 할 예정이므로 마루는 2층에만 설치할 계획이다. 전시장에 있는 제품을 찬찬히 살펴보는데 광폭의 원목 마루가 남편 눈에 들어온 모양이다. 고가에 재고가 많지 않은 제품이었다. 다행히 우리 집은 시공 면적이 넓지 않아서(2층은 18평 정도다) 공장에 남아 있는 수량으로 시공할 수 있었다. 면적이 작아서 가격이 높긴 해도 못 할 정도는 아니었다. 남편이 직접 인테리어를 했던 은평구의 빌라도 원목 마루를 썼는데 발에 닿는 촉감과 질감이 참 좋았다. 그때의 좋은 기억을 떠올리니 매일 밟고 사는 마루에 이 정도 투자 가치는 있었다.

욕실 도기, 타일, 원목 마루 선택이 드디어 끝났다. 서둘러 주문을 넣고 공사 일정을 잡았다. 몇 가지를 고르는 일에도 머리를 싸맸다. 한번 설치하면 마음에 안 든다고 다시 뜯기도 어렵고, 보기 싫다고 안 보고 살 수도 없다. 내가 선택한 게 틀리면 어쩌나 걱정이 되어 신중을 기하다 보니 더 어렵게 느껴졌다. 사람마다 취향이 다르니 정답도 없지만 오답도 없다. 선택은 끝났으니 잘 쓰는 일만 남았다.

주택의 자랑,
주차장

2층 단독주택이 가득한 마을에 살던 친구 집에 놀러 간 적이 있다. 집들이 마당도 넓고 잘 가꾸어져 있었는데 주차장이 협소했다. 대중교통이 닿기 어려운 곳이라 자가용을 이용해야 해서 주차 공간에 비해 차가 많아 보였다. 결국 도로 한쪽은 주차된 차들이 점령하고 있었다. 잘 가꾸어진 단지에 어울리지 않는 풍경이었다. 빌라에 살 때도 세대 수에 비해 주차 면수가 적어서 주차장이 꽉 차면 이중주차를 하거나 길에 대야 했다. 그런 날은 차 빼달라는 연락이 올까 봐 핸드폰을 손에서 놓을 수 없었다. 아파트 역시 밤늦게 오면 주차할 곳이 없는 건 마찬가지였다.

　부모님과 살았던 본가는 마당이 넓어서 주차 대수는 문제 되지 않았다. 촘촘히 줄 세우면 10대도 가능했다. 다만 집으로 들어오는 길이 문제였다. 큰길에서 우리 집으로 들어오는 길 입구가 워낙 좁았다. 폭이 좁으니 조심해서 들어오지 않으면 차를 긁기 쉬웠다. 당시 엄마는 빨간 티코를 탔는데 그걸로 외갓집에도 가고, 야간 자율학습이 끝나는 시간에 맞춰 나를 데리러 오기도 했다. 장난으로 밀어도 흔들릴 만큼 앙증맞고 가벼운 차였다. 비가 많이 와서 바퀴가 거의 잠긴 어느 날은 사거리에서 물살을 못 이기고 둥둥 옆으로 떠가기도 했다.

엄마는 그 작은 차로도 마당에 들어오는 걸 힘들어했다. 그래서 집 앞에 도착하면 갓길에 잠시 차를 세우고 주변 이웃에게 주차를 부탁했다. 세탁소 아저씨와 슈퍼 아저씨가 자주 도와주셨다. 차가 긁히는 걸 두려워 말고 꾸준히 연습하면 나아졌을 텐데 아빠가 차에 조금이라도 흠집이 나면 싫은 소리를 했기 때문이다.

반면 운전을 오래 한 아빠는 SUV도 문제없었다. 사이드미러를 펴면 벽에 닿기 때문에 사이드미러를 접고 창문을 내린 뒤 눈으로 가늠하며 횡횡 들어왔다. 언젠가 남편이 아빠 차를 운전할 일이 있었는데 아빠는 별일 아니라는 듯 말했다.

"거울 접으면 어차피 오른쪽은 안 보이니까 왼쪽만 보면서 이쪽으로 바짝 붙여서 들어가면 돼."

남편 말에 따르면 손가락 세 개 정도의 여유만 남기고 간신히 들어왔다고 한다.

우리 집을 지으면서는 이런 주차 스트레스를 받고 싶지 않았다. 언제 와도 나만을 위해 비어 있는 주차장, 들어오기 편한 진입로를 만들고 싶었다. 주택의 장점 중 하나가 전용 주차장이 아닌가. 주차 자리가 없을까 봐 걱정하는 것은 그만하고, 언제든 수월하게 차를 움직이고 싶었다. 우리 집의 법정 주차 대수는 1대지만 실제로는 2대를 대야 하므로 주차장도 그만큼 넓어졌다. 땅이 크지 않아 주차장으로 빠지는 면적이 크지만 안전하고 편한 주차를 위해서는 감수할 일이다.

땅 오른쪽에 주차장 자리를 만들었다. 남편 차와 내 차, 두 대를 사이좋게 넣을 수 있으니 감사하다. 엘리베이터 타는 걸 좋아하지 않는데 주택은 엘리베이터가 없으니 탈 일도 없다. 집 문을 열면 바로 내 차가 있다. 동선이 짧아지니 편하게 나갈 수 있다. 장을 보고 오거나 짐이 많은 날은 주차장 쪽 출입문으로 물건을 옮기면 된다. 짐이 많으면 그걸 집에서 차까지 가져가는 것부터 고생 시작인데 그 과정을 줄일 수 있어서 편리하다. 또 집 주차장에서만큼은 문콕 걱정이 사라질 것이다. 공동주택에서는 옆에 바짝 붙은 차가 있으면 신경 쓰였는데 이제 외부 주차장을 이용할 때만 조심하면 된다.

다만 주차장 진입로 폭은 전봇대가 있어서 아쉽게 됐다. 차가 들어가고 나오고 할 수 있지만 넓지는 않다. 아직 초보인 나는 조심해야 할 것 같다. 이사 가기 전까지 초보 딱지를 뗄 수 있도록 운전 실력을 키우기로 한다. 평일 낮, 한적한 지하 주차장에서 열심히 주차 연습을 해본다.

이삿날을
정하다

공사 현장은 늘 고되다. 여름엔 덥고, 겨울엔 춥다. 우리 집은 6월에 본격적으로 공사를 시작해 한여름을 관통했다. 폭염에는 공사를 쉬거나 근무 시간을 조정했지만 그래도 더위를 피하기는 어려웠다. 더위와 장마가 여름 공사의 걸림돌인데 우려했던 여름 장마는 짧게 지나가서 다행이었다. 하지만 반전이 있었으니 여름 장마는 짧았으나 가을비가 잦았다. 이래저래 공사를 못 하는 기간이 더해졌다.

끝날 듯 말 듯했던 공사가 어느덧 막바지에 접어들었다. 각자의 자리를 지키며 일하신 분들이 계셔서 가능한 일이었다. 공정마다 많은 분이 오셨는데 오랜 세월 그 일을 해온 전문가의 몸짓은 경이로울 정도였다. 목공, 벽돌 등 팀으로 다니는 분들은 손발이 척척 맞았다. 외장 벽돌을 붙이는 날은 두 분이 오셨는데 오랜 시간 같이 합을 맞추서서 그런지 서로 구역을 나눠 척척 해내셨다. 접착제를 벽에 '샥' 바르고 벽돌을 지그시 누르는 과정을 반복한다. 이 모든 단계가 하나의 흐름으로 이어져 금세 벽 한쪽을 채웠다.

얼마 뒤 비계를 철거하고 마주한 건물의 모습은 기대했던 것보다 좋았다. 건물의 덩어리가 주는 차분한 느낌과 비례를 맞춰 세심하게 계산된 창, 미색 벽돌과 함석담장이 대비됐다. 위압감을 주지 않는 단정한 집이었다. 남편이 스케치업 프로그램으로 보여준 가상의 모습이 실제가 되어 나타나 밖의 풍경과 어우러지니 나는 마냥 신기했다. 축소해서 만든 모형을 크기만 키운 것 같았다.

"진짜 똑같이 지어지네?"

황당한 내 물음에 남편은 어이없다는 듯 웃으며 그럼 다르게 짓느냐며 물었다. 집을 짓는 5개월 동안 크고 작은 걱정이 끊이지 않았지만 다친 사람 없이 공사가 진행됐음에 감사하다.

공정이 어느 정도 마무리되어 이삿날을 정했다. 이삿

날은 원래 10월 중순으로 계획했는데 공사가 늦어져 11월 중순으로 미뤄졌다. 지금 사는 아파트의 집주인이 배려해줘서 가능했다. 마당 난간을 비롯해 몇몇 공사가 남았지만 더는 날짜를 미룰 수 없었다. 남은 공사는 이삿짐을 옮긴 뒤 하기로 했다.

몇몇 이삿짐센터에 전화를 걸어 그중 한 곳과 계약했다. 견적을 위해 방문하셨는데 소싯적 갖고 다니던 우체국 6호 상자와는 비교가 안 될 정도로 살림이 커졌다. 짐을 많이 줄인다고 했는데도 5톤 트럭 한 대와 1톤 트럭 한 대, 총 6톤의 차량 견적이 나왔다. 아파트에서 이삿짐을 뺄 때는 사다리차를 쓸 수 있지만 이삿짐을 풀 때는 주택이라 사다리차를 쓸 수 없었다. 사람이 짐을 짊어지고 내부의 계단을 따라 2층에 올라가야 하기에 남자분 4명, 여자분 1명이 오시기로 했다. 견적을 마치고 돌아가면서 "좋은 곳으로 이사 가시네요"라고 해주셨다. 으레 건네는 덕담일 수 있지만 기분은 좋았다.

이삿날을 잡고 이사업체까지 계약하니 여러 생각이 겹쳤다. 공사가 늦어질 때면 빨리 집이 완성되어 이사 갔으면 싶다가도 근 이십 년 만에 하는 주택 생활에 잘 적응

할 수 있을까 걱정이 앞섰다. 아파트에서 만난 사람들과 떨어진다는 생각에 우울하기도 했다.

그리고 여태 했던 그 어떤 이사보다 집을 지어서 가는 이번이 나와 남편의 인생에 변곡점이 될 거라는 생각이 들었다. 설레면서 두려웠다. 흘려듣기만 했던 남편의 이야기였는데 우리가 진짜 집을 지을 줄이야. 죽기 전에 한 번은 짓겠거니 생각했다. 그런데 집을 지어도 아이를 다 키우고 60대쯤에나 가능하겠지 싶었는데 생각보다 빨리 30대에 전원주택을 짓고 살 줄은 몰랐다.

걱정과 설렘이 뒤섞인 나와 달리 남편은 하루빨리 이사 가고 싶다고 노래를 부르고 있다. 이제 며칠 뒤면 우리는 양평으로, 그것도 우리가 지은 집으로 간다.

3부

우리가 만든 공간에서

택배
문 앞에
보관합니다

전원주택으로 이사 오면서 택배 받는 게 걱정이었다. 주소를 잘 못 찾으시면 어쩌지, 대문 앞에 뒀다가 누가 가져가기라도 하면? 남편이 만들어 놓은 우편함과 택배함을 알아보실까? 나도 남편이 이게 우편함이고, 이건 택배함이라고 설명을 해줘서 알았다. 그만큼 우편함의 모양이 일반적이지 않다.

오밀조밀 모여 있는 빌라에 살 때도 비슷한 애로 사항이 있었다. 우리가 살던 빌라는 건물 출입구가 두 군데였다. 건물이 경사지에 있었기에 아래층과 위층의 출입구를 반대로 낸 것이다. 거주민으로서는 편리했으나 이 지역에 처음 오신 택배 기사님은 자주 혼동하셨다. 더구나 우리 집은 빌라 1층이어서 집 현관문을 열면 바로 차가 다니는 골목이었다. 택배를 어디에 놓을지 묻는 전화에 현관문 앞에 놔주시면 된다고 하자 처음 온 택배 기사님은 당황하며 물었다.

"여기 길바닥에요?"

나는 웃으며 답했다.

"네, 거기 길바닥이요."

당황스러운 첫 소통을 마친 뒤에는 비교적 수월하게 택배가 왔다. 당시 아이 이유식을 시킨 적이 있다. 냉장 제품이고, 상자 겉에는 "우리 아이가 먹는 소중한 이유식입니다"라고 큼지막하게 쓰여 있었다. 평상시 "택배 문 앞에 보관합니다"라는 건조한 메시지를 보내던 택배 기사님은 그날 이유식을 보고는 마음이 급하셨나 보다. "택배 문 앞에 보관합니다. 햇빛 비춥니다. 빨리 들이세요" 하고 다급한 문자를 남기셨다. 외출 중이던 나는 그 문자에 서둘러 집으로 향했다. 그 뒤 아파트로 이사하고는 동과 호수만 정확히 적으면 택배 기사님의 전화를 받을 일은 없었다. "오늘 배달이 출발합니다" 또는 "물건을 배송

했습니다"라는 알림만 울렸다.

하지만 전원주택은 또 다르지 않은가. 갓 발급받은 따끈따끈한 도로명 주소는 아직 포털 지도에 등록도 되지 않은 때였다. 택배가 제대로 오려나 기다리던 차에 택배 기사님의 전화가 왔다. 주소가 검색이 안 된다는 말에 도로명 주소가 아닌 기존의 '산'으로 시작하는 번지를 말씀드렸다. 그러자 "아, 거기 이사 왔어요? 새로 지은 집이죠?" 하는 대답이 돌아왔다. 작은 동네다 보니 오며 가며 공사하는 걸 보신 모양이다. 내 택배가 제대로 오겠구나, 직감한 나는 반가움에 "네, 이사 왔어요!" 하고 외쳤다. 그 뒤 내가 시킨 택배들은 하나둘 무사히 도착했다.

보통 네 군데의 택배사가 우리 동네에 오는데 물건을 전달하는 방식이 조금씩 다르다. A사는 번거로울 텐데도 꼬박꼬박 주차장 쪽문 앞에 곱게 쌓아 주신다. 아마 대문 앞보다 쪽문이 눈에 덜 띄니 분실 위험을 줄이려고 그러시는 것 같다. B사는 길에서 물건이 안 보이게끔 대문 코너를 공략하신다. C사는 무거운 건 대문 앞에, 가벼운 물건은 대문 안으로 던져주신다. 그러면 나는 얌전히 낙하물을 챙겨 들어온다. D사는 유일하게 우리 집의 우편함과 택배함을 알아봐주시고 고지서를 그곳에 넣고 가신다.

오늘은 우연히 대문을 열었다가 마침 우리 집에 배달 중이던 A사의 기사님과 마주쳤다. 가까운 대문을 놔두고 몇 걸음 더 가야 하는 쪽문 앞에 가지런히 놓아주시는 분이 누구일까 궁금하던 차였다.

"안녕하세요, 늘 감사합니다."

반가워 건넨 인사에 기사님은 "네" 하시더니 대문에 서 있는 나를 보고도 역시나 쪽문 앞에 택배를 놓고 서둘러 가셨다. 언덕을 올라가는 택배차에 다시 한번 "감사합니다"라고 말하며 집에 왔다. 오늘도 이렇게 택배 기사님과 합을 맞추어간다.

만남과
이별의 현관

우리 집 담장은 아연과 알루미늄을 섞어 만든 갈바륨 강판이다. 흔히 함석이라 부른다. 햇볕을 받으면 은색의 철판이 강물처럼 반짝인다. 담장용으로 많이 쓰는 재료는 아니어서 조금 특이하게 보이기도 한다. 담장은 왜 이걸로 했는지 남편에게 물었더니 "그냥, 이걸로 해보고 싶었어"라고 답했다. '그래, 우리가 왜 집을 지었는데. 하고 싶은 게 있으면 해야지, 암' 하고 생각하며 나는 고개를 끄덕인다.

갈바륨 대문을 열고 들어오면 작은 앞마당이 있고, 유리로 된 우리 집 현관문이 나온다. 일반 문은 빛을 차단해서 현관이 어두운데 유리문은 햇빛을 통과시킨다. 남편은 현관이 밝길 바랐다. 그래서 업체에 의뢰해 도어록을 달고 유리 현관문을 설치했다. 현관에 해가 잘 들어오니 들어오고 나갈 때마다 기분이 좋다. 현관문 맞은편의 고정창 쪽에는 아이의 요청으로 놓은 나무다리가 있다. 전에는 남편 서재로 가려면 현관의 차디찬 타일을 맨발로 몇 발짝 딛거나, 널브러진 신발 중 하나를 밟고 갔다. 몇 걸음 가려고 신발을 신기는 귀찮고, 점프해서 가기엔 거리가 멀다. 유난히 자주 아빠의 서재를 들락거리는 아이의 불편 토로에 남편은 아이를 위한 다리를 만들었다.

아침과 저녁이면 현관이 분주해진다. 지금은 출퇴근하는 사람이 남편밖에 없기에 남편이 오갈 때면 아이와 함께 현관 앞에서 배웅한다. 아이의 인사는 매일 다르다. 출근하는 아빠의 바짓가랑이를 붙잡고 자기도 아빠 따라 일하러 갈 거라고 우는 날도 있고, 제 아빠가 문을 나서기도 전에 '빠빠이'만 날린 채 휙 돌아서 텔레비전 앞으로 달려가는 날도 있다.

결혼 초에는 상대방을 배웅하는 것에 대해 남편과 생각이 달랐다. 나는 누가 들고 나면 하던 일을 멈추고 현관으로 가서 맞이하는데 남편은 그냥 본인이 있던 자리에서 인사하면 되지 굳이 현관까지 나올 필요는 없을 것 같다고 했다. 그 뒤부터는 나도 힘들게 왔다 갔다 하지 않고 앉은 자리에서 "왔어?" 하고 고개만 빼꼼 내밀었다.

마중과 배웅에 큰 의미를 두지 않던 남편은 내가 그리하자 쓸쓸함을 느낀 것 같다. 얼마 안 가 현관에 나와서 인사하는 게 별거 아닌 것 같은데 기분이 좋다며 다시 예전으로 돌아가자고 말했다. 좋은 것을 경험해보면 그것을 모르던 때로 돌아가기는 힘든 법이다. 그때부터 우리는 누가 나가거나 들어오면 잽싸게 현관으로 달려가 인사를 건네기로 했고 이제는 아이까지 합세해 그 규칙을 꽤 잘 지키고 있다.

　번거로워도 굳이 그렇게 하는 이유는 현관은 집과 밖을 구분 짓는 완충 지역이기 때문이다. 밖에서 있었던 힘든 일은 현관에서 털어내고, 집에서 걸리는 일들도 현관을 나서는 순간 되도록 잊어버리려고 한다. 걱정을 장소 불문하고 끌고 다니면 쌓이기만 할 뿐 실제로 해결되지는 않는다. 더불어 세상이 워낙 흉흉하니 짧은 외출일지라도 건강히 잘 다녀와, 별일 없이 무사히 돌아와서 다행이야, 같은 의미도 있다.

　어제 아침 남편이 출근할 때 아이는 오랜만에 울었다. 전날 아빠가 늦게 퇴근해 못 보고 먼저 잠든 게 서러웠던 차에 아침에도 일찍 나가니 슬픔이 배가 된 모양이었다.

저녁이 되어 퇴근한 남편이 도어록을 해제하는 '삑삑' 소리가 났다. 아이는 아빠를 외치며 냅다 현관으로 뛰었다. 일찍 온 아빠가 반가워 흥겨움에 춤을 춘다. 그러다가 아침의 눈물 바람이 생각났던지 아빠에게 묻는다.

"아빠가 보고 싶어서 울었어."

(여기서 포인트는 삐죽삐죽 입술이다)

"그랬어? 아빠도 보고 싶었어."

(흐뭇)

그러자 아이가 눈을 반짝였다.

"아빠도 울었어? 나 보고 싶어서?"

기대 가득한 아이의 물음에 남편이 말꼬리를 흐린다. 우는 게 감정 표현의 최대치인 아이는 아빠도 자기가 보고 싶어서 울었나 봐, 하는 반가운 얼굴을 내비친다. 남편이 어물쩍거리는 사이 아이는 거실로 달려간다. 당황한 표정으로 아이의 뒷모습을 보며 남편이 중얼거렸다.

"아니, 뭐 울 정도는 아닌데…."

오늘도 우리 집 현관은 바쁘다.

부부의
서재 활용법

집을 지으면서 우리가 가장 기대한 건 개인 공간이었다. 남편과 나는 독립된 각자의 서재를 두기로 했다. 쓰임과 기능을 생각해 남편의 서재는 현관 왼쪽에 있다. 사무실 용도로도 쓸 것을 감안해 본채와 나누어 배치한 것이다. 아예 분리된 건물은 아니지만 현관을 기점으로 왼쪽은 남편 서재고, 오른쪽은 거실과 부엌이다.

전에 식탁으로 쓰던 원목 상판을 지금은 남편이 책상으로 쓰고 있다. 책상이 길어서 컴퓨터와 제도판을 나란히 두었다. 남편은 엉덩이는 떼지 않고 의자만 움직이며 둘 사이를 부지런히 오간다. 양평으로 이사 온 뒤 비가 많이 오거나 폭설이 예고된 날이면 서울의 사무실로 출근하지 않고 집에서 일한다. 생활공간과 어느 정도 분리가 되어 있어 출근 모드로 전환이 가능한 덕분이다. 남편은 이곳에서 못다 한 일을 하고, 노래를 듣고, 당근 마켓에서 산 핸들을 이용해 플레이스테이션을 한다. 가끔 아이가 난입해 자기도 하고 싶다고 떼를 부리는 통에 아이를 안고 핸들을 돌리기도 한다. 아이와 함께 분투하는 모습과 달리 게임 속 남편의 순위는 점점 떨어진다.

남편 서재에 앉아서 바라보는 마당은 거실에서 보는 풍경과 사뭇 다르다. 거실은 땅의 끝 쪽으로 뻗어 있어 맞은편 산이 창문 가득 보인다. 반면 남편 서재는 오목하게 들어가 있다. 방바닥에 방석을 깔고 앉아 마당을 바라보면 블루엔젤과 수국, 그라스가 눈에 들어온다. 그리고

마당이 있고, 그 뒤로 앞산이 보인다. 층층이 겹쳐서 보이는 풍경에 마음이 편안해진다. 이 모습이 좋아서 남편 서재에 가면 자연스레 바닥에 앉게 된다.

내 서재는 계단을 올라가면 바로 있는 2층 첫 번째 방이다. 고시원 방처럼 작게 만들어달라는 요구는 수용되지 않았다. 내가 쓸 때는 상관없지만 만약 방 주인이 바뀌면 그 크기로는 방이라고 부르기 어렵다는 이유에서다. 덕분에(?) 나는 기대보다 큰 방을 갖게 됐다. 창문도 크고, 해도 잘 들어온다.

외주 편집 일은 내 서재에 있는 책상에서 한다. 교정을 볼 때는 큰 화면이 좋아서 노트북에 모니터를 연결해서 사용한다. 해외 원서나 참고 도서, 해당 출판사의 교정과 교열 원칙을 옆에 쌓아 놓고 들춰가며 교정지를 넘긴다. 펼쳐 놓고 봐야 할 게 많다 보니 커피숍에 가서 하기에는 번거롭다. 책을 읽거나 글을 쓰는 건 종종 노트북을 들고 밖에 나가지만 편집만큼은 내 서재가 편하다.

일 외에도 잡다한 것을 한다. 손톱 깎기, 다이어리 쓰기, 웹 서핑 등이다. 시답잖은 일을 할 때도 방문은 꼭 닫고 있다. 불시에 누가 들어오는 게 반갑지 않다. 잠가 놓

으면 열어줘야 하는 번거로움이 있기에 닫아 놓기만 한
다. 아이에게는 엄마 방에 들어올 때 노크하라고 했더니
약속을 잘 지키고 있다. 남편 역시 초반에 문을 벌컥벌컥
열고 들어오기에 싫은 소리를 했더니 그 뒤로는 꼭 노크
한다(노크 후 들어오라는 소리를 하기도 전에 문을 여는 게 흠
이지만). 방을 잘 꾸미는 재주는 없어서 창문에 걸어 놓은
고래가 장식품의 전부지만 결혼 10년 만에 가진 내 서재
가 좋다.

각자의 서재가 생긴 뒤 우리는 호시탐탐 자기 방에 갈
궁리를 한다. 나는 틈만 나면 2층에 가려 하고, 남편은 말
도 없이 자기 방으로 자꾸 사라진다. 나도 몰래 내 서재
로 가고 싶은데 그러기에는 내가 조금 불리하다. 우리 집
계단은 쇠를 구부려 만들어서 올라가거나 내려갈 때 소
리가 난다. 그래서 매번 나는 걸리게 되어 있다. 계단을
올라가는 소리가 들리면 남편이 불러세운다. 그러고는
"2층엔 왜 가는 거야?"라고 꼬치꼬치 캐묻는다. 한번 가
면 잘 안 내려오기 때문이다.

나 역시 남편이 현관으로 통하는 중문만 열어도 예민
하게 물어본다. "어디 가?" 잠깐 뭐 좀 가져온다는 사람

이 꽤 오랜 시간이 흘러도 자기 방에서 나오지 않는다. 둘 중 하나는 아이와 함께 있어야 하는데 이런 식으로 자꾸 사라지면 곤란하다. 이 정도면 많이 참아줬다 싶을 때 아이를 출동시킨다. 아이는 나무다리를 건너 아빠 방으로 간 뒤 아빠의 손을 끌고 득의양양하게 돌아온다. 그 모습을 보며 나는 주섬주섬 짐을 챙긴다.

자, 이제 내가 올라갈 차례다.

아이들의 대결

잘 놀던 두 아이가 갑자기 대치 상황이 된다. 볼이 씰룩
이더니 둘 중 한 명이 냅다 소리를 지른다.

"우리 집은 벽돌집이야!"
"우리 집도 벽돌이야!"

벽에 금칠한 것도 아니고 흔한 재료인 벽돌로 싸움이
붙었다. 자기들도 뭐가 좋은지 모르면서 '질 수 없다'라는
기세와 다섯 살의 허세로 일단 외치고 본다. 저 멀리서
안 듣는 척하면서 혹시 싸움이 커질까 봐 아이들을 주시
하고 있는 엄마를 흘긋거리며.

"우리는 빨간 벽돌이야!"
"우리 집은 하얀 벽돌이야!"

빨간 벽돌은 윗집 아이고, 하얀 벽돌은 우리 집 아이다. 남편이 들으면 우리 집 벽돌은 '하얀색'이 아니라 '밝은 미색'이라고 정정해줄 테지만 나는 참는다. 하얀색이나 미색이나 내 눈에는 비슷하다. 두 아이는 여전히 자기들의 취향은 반영 안 된, 부모가 고른 벽돌 색깔로 싸우고 있다. 벽돌로는 답을 낼 수 없는지 입을 앙다물었다가 다른 주제가 나온다.

"우리 집은 2층이야!"
"우리 집도 2층이야!"

　전원주택은 보통 2층을 기본으로 짓는다. 다양한 전망을 확보하고, 한 층당 지을 수 있는 면적에 제한이 있기 때문이다. 대지 면적에 대한 건물의 바닥 면적을 건폐율이라 하는데 이는 지역별로 다르다.

　〈국토의 계획 및 이용에 관한 법률〉에 따르면 관리지역은 보전관리지역, 생산관리지역, 계획관리지역으로 나뉜다. 보전관리지역은 자연환경 보호, 산림 보호, 수질 오염 방지, 녹지공간 확보와 생태계 보전 등을 위하여 보전이 필요하나, 주변 용도지역과의 관계 등을 고려할 때 자연환경보전지역으로 지정하여 관리하기가 곤란한 지

역을 말한다. 생산관리지역은 농업·임업·어업 생산 등을 위하여 관리가 필요하나, 주변 용도지역과의 관계 등을 고려할 때 농림지역으로 지정하여 관리하기가 곤란한 지역을 말한다. 계획관리지역은 도시지역으로의 편입이 예상되는 지역이나 자연환경을 고려하여 제한적인 이용·개발을 하려는 지역으로서 계획적·체계적인 관리가 필요한 지역을 말한다.

　보전관리지역과 생산관리지역은 건폐율이 20퍼센트,

계획관리지역은 40퍼센트다. 땅이 100평일 경우 한 층당 지을 수 있는 면적이 보전관리지역과 생산관리지역은 20평, 계획관리지역은 40평이라고 생각하면 된다. 110평가량 되는 우리 땅은 건폐율이 20퍼센트인 보전관리지역과 40퍼센트인 계획관리지역이 섞여 있다. 이를 토대로 계산하면 우리 땅은 한 층당 27평까지 지을 수 있다.

1층만 짓기엔 집이 좁으니 처음 설계할 때부터 2층은 당연히 올린다고 생각했다. 윗집 아이의 땅도 우리와 비슷한 크기다. 반면 땅이 300평 정도 되면 보전관리지역이라고 해도 한 층당 300평의 20퍼센트인 60평을 지을 수 있다. 2층 욕심이 없다면 이럴 때는 단층으로 넓게 짓는 편을 선호하기도 한다.

서로의 집에 수시로 다니는 두 아이는 잠시 생각에 잠긴다. 아마 2층에 있는 자기들의 방을 오갔던 기억을 하는 것 같다. '그래, 쟤네 집도 2층이었지.' 이번에도 싸움은 무승부다. 윗집은 다락방이 있어 3층이라고 주장할 수도 있는데 윗집 아이가 그건 깜빡한 것 같다. 공정한 싸움을 위해 윗집 아이에게 이 사실을 알려줄까 하다가 참는다. 하지만 방심한 사이 새로운 공격이 들어온다.

"우리 집 정화조는 여기 있어!"

'정화조'라는 전문용어까지 등장했다. 지지 않고 대거리 하던 하얀, 아니 미색 벽돌집 아이가 정화조에서 막혔다.

"그게 뭔데?"
"아, 정화조! 똥 묻는 거"

윗집 아이는 집 짓는 동안 아빠와 매일 현장을 방문하고 자기 집이 올라가는 모습을 지켜봤다고 한다. 그래서 집이 지어지는 과정도 소상히 알고 자기 집에 대한 자부심도 남다르다. 그 자부심이 정화조까지 이어질 줄은 몰랐지만. 똥, 방귀, 오줌은 아이들이 가장 좋아하는 주제인데 그런 정화조를 모르다니. 아이의 상심이 이만저만이 아니다. 낙담하는 아이를 보고 윗집 아이가 우리 아이의 손을 잡고 가서 정화조 위치도 알려주고 정화조에 산소를 공급해주는 장치도 친절히 설명해준다. 우리 아이는 그저 신기해서 고개를 끄덕이며 친구의 이야기를 경청한다.

"엄마, 왜 우리 집에는 이거 없어?"

아이가 눈물을 글썽이며 나에게 묻는다.

"우리 집에도 똑같은 거 있어. 가서 볼까?"

집에 가자고 하면 더 놀 거라고 도망 다니는 아이가 오늘은 어인 일로 순순히 내 손을 잡고 따라나선다. 윗집 아이가 대문까지 나와서 배웅해주며 당부한다.

"집에 가서 정화조 잘 있나 봐! 알았지?"

날카로운
첫 텃밭의
기억

우리가 이사 온 겨울 초입에는 다들 집에 있는지 동네에 사람 구경하기가 힘들었다. 남편과 나는 '드디어 주택에 오다니' 하는 감격에 차가운 눈발에 명치를 맞아가면서도 수시로 마당에 나갔다. 그리고 위아래 이웃집들을 유심히 살폈다. 마당에 나와 있는 사람은 없지만 나무에 짚을 감싸고, 외부 수도에 보온재를 둘러놓은 걸 보면 다들 겨울 준비를 단단히 한 게 틀림없었다. 우리는 주변 집들을 눈에 잘 담아 두었다. 다음 겨울에는 우리도 저렇게 해야지, 다짐하면서.

그러다 봄이 되자 동네가 복작였다. 여기저기서 뚝딱뚝딱 고치는 소리, 땅을 파는 소리가 들렸다. 겨우내 보이지 않던 사람들이 날이 풀리니 자기 집 마당 정비를 위해 나온 것이다. 혼자 사부작사부작하는 사람도 있고, 가족이 총동원되어 잔디를 심는 집도 보였다. 어디선가 구수한 비료 냄새도 났다. 아랫집도 큰 나무 아래 비료로 보이는 포대를 높이 쌓아 놨다. 동네 사람들이 봄을 맞아 다들 약속이나 한 듯이 말 그대로 '삽질'을 하고 있었다.

동네의 인기 장소도 봄이 되자 변했다. 마트 앞 모종 가게에 사람들이 모이기 시작했다. 상추, 방울토마토부터 로즈메리, 바질까지 초록 초록한 모종들이 나타났다. 토마토만 해도 방울토마토, 흑토마토, 대추토마토 등 종류가 많았다. 로또 명당 앞에나 있을 법한 긴 줄은 텃밭에 관심 없는 나조차 모종 가게 앞을 기웃거리게 했다.

"여기 좀 봐, 모종 엄청 많아."

까치발을 들고 남편을 부르는데 남편은 이미 사람들을 뚫고 저만치 앞에 가 있다. 노동력과 들이는 시간을 생각하면 사서 먹는 게 제일 싸다는 생각에 멀리서 구경만 하는 나와 달리 남편은 전투적으로 앞으로 나아갔다. 한참 후 인파를 뚫고 나오는 남편의 손에는 적상추, 청상추, 치커리, 케일, 로메인, 방울토마토, 흑토마토, 큰 토마토, 수박, 참외, 오이 모종이 상자에 담겨 있었다.

왜 이렇게 많이 샀냐고 하니 주택 마당에서는 모름지기 텃밭을 꼭 해야 한다나. 나는 어려서 주택 살 때도 이런 거 키운 적 없다고 했다가 시골 애가 왜 그런 것도 모르냐고 되려 타박만 들었다. 시골에서 자랐다고 해도 주변이 다 상가였고, 우리 집 마당은 주차를 위해 시멘트로 덮어 놓아 이런 텃밭을 할 공간이 없었다. 엄마가 화분에 꽃, 또는 싹이 난 고구마를 심은 게 전부였다. 남편은 집 주변이 온통 논과 밭이었으니 잘 모를 것이다. 이래서 '읍민'과 '면민'은 다른 거라고 '읍'에서 자란 내가 다시 한번 남편의 출신을 상기시켜주었다.

탐탁지 않은 내 표정을 읽은 건지 자기가 다 할 테니 걱정하지 말란다. 그래 놓고는 출근하면서 나한테 흙이 모자라니 더 사다 달라, 퇴비도 사다 놔라, 이것저것 요구가 많다. 함께 사 온 배양토가 모자라서 다시 가기를 두 번. 욕심을 부린 충동구매의 결과 텃밭 크기에 비해 모종이 많아 빽빽한 살림이 됐다.

모종은 가격이 저렴해서 저 모든 걸 합해도 1만 원 안팎이었지만 배양토를 사는데 4만 원이 넘게 들었다(남편이 후에 흙 두 포대를 또 사고, 퇴비도 뿌려줬지만 이건 자기 돈으로 샀으니 뺀 가격이다. 농협 경제부에서 고추 지지대도 사서 꽂아주었다). 혼자 하는 게 안쓰러워 옆에서 돕다 보니 고된 노동에 슬슬 짜증이 났다. 배보다 배꼽이 더 커 아무래도 손해 본 거 같다고 하자 남편은 수박이 두 개만 열려도 이득이라고 항변했다. 마지막에는 본인도 힘들었는지 이렇게 많이 산 줄 몰랐네, 말끝을 흐리며.

모종을 심고 몇 달이 지난 지금 남편이 고대하던 수박은 전멸했다. 오이는 달랑 하나 따 먹었다. 이웃집에서 준 옥수수가 가장 선전하고 있는데 옥수수가 잘 달릴지는 모르겠다. 우리 집에서 가장 선전하고 있다 뿐이지 다

른 집 옥수수에 비하면 잘 안 크고 있다. 마을 초입의 옥수수밭을 지날 때면 옥수수가 저렇게 크게 자라는 아이구나, 하는 생각에 우리 집 옥수수가 생각나 눈물이 앞을 가린다.

반면 초반에 시들시들하던 토마토가 의외로 선전하고 있고, 참외는 열릴까 말까 고민 중인 것 같다(열려라, 참외!). 상추는 크게 자라지 않기에 아직 채 자라지 않은 어린것들을 따먹고 지금은 관상용으로 놔두었다. 그래도 이만큼이라도 자란 건 올해는 글렀다며 일찌감치 포기한 나와 달리 영양 있는 흙을 보충하고 퇴비도 주며 고군분투한 남편 덕분이다.

남편만큼은 아니지만 나도 텃밭에 관한 생각이 달라지

고 있다. 사 먹는 게 제일 경제적이라는 생각은 여전하지만 식물이 크는 게 이렇게 재미있는 줄 몰랐다. 꽃 밑에 오이, 방울토마토가 작게 달리면 열심히 응원하게 된다. 아이 역시 아침이면 마당을 한 바퀴 둘러보고 오이가 열렸는지, 상추에 벌레가 붙지는 않았는지 살펴본다. 토마토를 안 먹는 아이가 직접 기른 토마토가 열리는 걸 보더니 빨갛게 익는 족족 제 입에 넣기 바쁘다.

올해는 텃밭이 처음이고, 잘 모르고 시작해서 그런지 수확이 좋지 않다. 이웃집의 풍성한 텃밭을 보며 내년에는 우리도 좀 더 일찍 삽질을 시작하자고 다짐한다. 미리 구수한 냄새 풍기며 비료를 섞어서 영양 가득한 흙도 만들어 놓기로 했다. 남편은 벌써 내년에 심을 작물을 정하고 있다. 상추, 참외, 수박, 방울토마토, 옥수수, 가만있자, 또… 뭐가 있더라….

들기름 국수는
죄가 없다

남편과 나, 아이 이렇게 세 식구의 식사를 주로 담당하고 있지만 아직도 내가 밥하는 사람이라는 게 믿기지 않는다. 엄마는 음식을 할 때 고추장을 푹 퍼서 넣고 간장도 졸졸 두르며 눈대중으로 하는데 뭐든 맛있다. 정확한 요리법도 없어 뵌다. 물엿을 어느 정도 넣어야 하는지 물으면 한 바퀴 두르면 된다고 말한다. 지름 몇 센티의 한 바퀴인지, 속도는 어느 정도인지 물어도 그냥 한번 휙 두르라고 한다. 엄마처럼 대충(?) 해도 맛있는 음식이 나와야 고수 같은데 나는 인터넷의 도움을 받지 않으면 할 수 있는 요리가 몇 없다.

요리는 매번 놀라움의 연속이기도 하다. 간장의 종류가 이렇게 많다니, 올리고당과 물엿은 뭐가 다른가, 들기름은 냉장 보관이고 참기름은 상온 보관이라니 알 수 없는 세계다. 내가 만든 음식을 누군가가 칭찬하면 대단히

어정쩡하게 웃게 된다. '정말 맛이 있단 말이야?' 하는 의구심을 품고. 그래도 연차가 쌓이면서 이래저래 사람 먹을 음식은 만들어내게 됐다.

　이사 오면서 몇 번의 집들이를 했다. 우리 식구만 먹기에는 번거로워 안 한 음식을 집들이를 핑계로 호기롭게 시도했다. 수비드 스테이크, 숯불 바비큐, 새우가 들어간 감바스를 먹었다. 만드는 과정은 생각보다 간단한데 차려놓으면 근사한 음식들이다(물론 설거지는 간단치 않다). 요리할 시간이나 여력이 없으면 근처 맛집에서 포장해 오거나 치킨이나 피자를 시켜 먹었다. 근처 반찬가게의 힘을 빌리기도 했다. 집들이가 거듭될수록 상황에 맞게 먹을 음식을 정하는 기술이 늘었다.

그날은 남편의 지인 두 분이 집에 방문했다. 계획된 만남은 아니고 즉흥적으로 약속을 잡게 됐다. 오랜만에 만나 담소를 나누다가 밥때가 됐다. 뭘 먹을까 고민하다 '들기름 국수'를 먹자고 제안했다. 아는 분이 직접 농사지어 짜준 들기름도 있겠다, 요리 방법도 간단하겠다, 조만간 해 먹으리라 벼르던 메뉴였는데 오늘이 그날이었다.

처음 해보는 메뉴지만 요리 방법은 인터넷에 많으니 걱정 없었다. 들어가는 양념도 들기름, 간장, 설탕으로 간소했다. 국수만 잘 삶으면 되겠어, 하고 국수를 집어 들었다. 적당히 삶은 국수를 건져 찬물에 헹구고, 어른

네 명 분량의 4인분 양념을 착착 넣었다.

어라, 근데 어째 양이 좀 이상했다. 위생장갑을 끼고 비비는데 손에 잡히는 국수의 양이 허전하다. 불안한 마음으로 국수를 그릇에 담는데 딱 세 그릇이 나오고 끝이었다. 나중에 보니 소면 100그램을 1인분으로 생각하면 된다는데 그보다 훨씬 적게 넣었나 보다. 나는 쌀밥을 먹기로 하고 손님상에 국수를 올렸다.

남편까지 세 사람이 식탁에 마주 앉아 들기름 국수를 먹기 시작했다. 나는 멀리서 숨죽여 지켜보았다. 그런데 손님 두 분이 너무 맛있다며 어떻게 만들었는지, 무엇을 넣었는지, 구체적으로 물어오는 것이 아닌가. 으레 하는 인사치레가 아니었다. 정말 맛있다는 말을 몇 번이나 해서 이걸 말해, 말아 고민이 됐다. 3인분을 만들면서 4인분 양념을 넣었으니 얼마나 달고, 짜고, 고소하겠는가. 물론 맛의 가장 큰 지분은 직접 농사지어 짠 들기름이었을 것이다. 하지만 그 외에도 설탕과 간장을 과하게 넣었으니 더 맛있었을 테다.

마음이 켕겨서 계속되는 감탄과 칭찬을 온전히 즐기지는 못했다. 그래도 끝내 진실의 입은 열리지 않았다.

∴ **내가 만든 들기름 국수 1인분 요리법:** 소면 100그램에 설탕 한 숟갈, 간장 두 숟갈, 들기름 두 숟갈을 넣고 김 가루를 뿌려주면 완성이다.

후진은
처음이라서요

시골은 마을 길이 좁은 곳이 많다. 우리 마을 역시 마찬가지다. 집으로 가는 길 중 약 300미터가량이 그렇다. 폭이 좁아서 차 한 대만 지나갈 수 있다. 그래도 곳곳에 마주 오는 차를 비켜설 수 있는 여유 공간이 있어서 불편하기는 해도 서로 양보하며 다니면 된다.

다만 딱 한 군데 코너 지점은 예외다. 이곳은 높은 담까지 둘러싸여 있어서 코너를 다 돌 때까지 앞에서 차가 오는지 알 수 없다. 주차할 때 빼고는 후진을 해본 적이 없던 내가, 다른 차를 비켜주기 위해 처음으로 후진한 곳이 여기다. 창문을 다 내리고 사이드미러와 백미러를 번갈아 보면서도 내가 대체 뭘 보고 있는 건지 모를 만큼 긴장했다. 운전을 시작한 지 1년 반, 양평으로 이사 온 지 열흘이 되던 때였다.

처음 차를 산 건 2020년 5월, 면허를 딴 건 그보다 7년

전인 2013년이다. 7년을 장롱면허로 살다가 하남 신도시로 이사 가면서 차가 필요해졌다. 운전이 늦어진 건 그만큼 절실하지 않아서였다. 걷는 게 취미이자 스트레스 푸는 방법이었고, 버스 맨 앞자리에 앉아 가는 걸 가장 좋아했다. 하지만 지하철은 없고 몇 개 있지도 않은 버스의 배차 간격이 짧게는 1시간, 길게는 1시간 30분이어서 대중교통을 좋아하는 나로서도 감당하기 어려웠다.

또 당시 기준으로 내후년에는 양평으로 이사 갈 예정이었으니 지금이 운전을 시작할 적기라고 생각했다. 중고차 매매 사이트에 빠져 살다가 마침 가까운 곳에 괜찮은 매물이 있어서 보러 갔다. 함께 간 남편이 나를 부추기며 당장 구매하자고 해서 그날 바로 사게 됐다.

쪼리를 신고 목에는 두툼한 금목걸이를 두르고, 겨드랑이에 작은 가방을 끼고 나타난 운전 연수 선생님께 열 시간의 연수를 받았다. 연수 마지막 날에는 너무 멀리 갔다가 시간이 촉박해 돌아오는 길은 선생님이 운전했다. 30분 동안 수없이 많은 차선 변경을 하면서 단 한 번도 깜빡이를 켜지 않는 신공을 보이셨다. 타산지석이라는 큰 교훈을 남긴 운전 연수였다.

운전 연수를 받아도 한참 부족한 실력이었지만 신도시라 도로가 넓고 차가 많지 않아 초보 운전자에게는 최상의 조건이었다. 내가 다니는 한낮에는 주차 공간도 여유가 있었다. 그래도 원체 겁이 많아서 집 근처만 다니고 20분 거리의 잠실은 버스를 타고 오갔다. 남편은 차 두고 왜 버스 타고 다니냐며 의아해했지만 그 넓은 도로를 무난히 달릴 자신이 없었다. 나도 자괴감이 들었지만 잠실은 주차 요금이 비싸다고 둘러댔다(물론 남편은 속지 않았다).

양평에 이사 오니 소극적이나마 운전을 시작한 건 다행이었다. 양평은 대중교통이 대도시만큼 활발하지 않기에 차가 필수다. 성인 수만큼 차가 있는 집도 다수다. 우리 집은 그나마 도보 15분 내외로 편의시설 이용이 가능하고 버스 정류장이 가까이 있는데도 차가 없으면 불편하다. 로켓배송이나 새벽 배송이 안 돼서 음식 재료는 마트에 가서 사야 하고, 차로 5분 거리이긴 하지만 아이 어린이집도 데려다줘야 한다.

처음 이사 와서는 마을 초입의 좁은 길을 통과할 자신이 없어서 일주일 동안 운전하기를 꺼렸다. 하지만 언제까지 차를 주차장에 모셔만 둘 수는 없었다. 그러다 과연

내 차가 지나갈 수 있을까 싶은 좁은 길을 덤프트럭이 신나게 달리는 걸 보고 용기를 얻었다. '그래, 저 큰 트럭도 잘만 다니는데. 내 차가 암만해도 저 트럭보다는 작지.'

비슷한 처지의 초보 운전자를 만나면 동질감을 느낀다. 우리 힘냅시다, 잘해봅시다, 속으로 외친다. 같은 어린이집 학부모 중에도 있는데 그분은 뒷유리에 '왕왕왕 초보'를 붙이고 다녔다. 그러다 최근에는 '왕왕왕'을 떼고 그냥 '초보'가 됐다. 지나가다 보고 감격해서 경적을 울릴 뻔했다. 나 역시 2년 넘게 뒷유리에 '초보 운전' 스티커를 붙였다.

차로 이동하는 일이 많은 탓에 어디든 운전해서 가야 하는 것은 부담이지만 장점도 있다. 마주 오는 차를 비켜 주다가 다리 난간에 긁고, 마트에서 주차하다가 주차 턱에 닿는 시행착오를 겪으면서 운전 실력이 늘었다. 우리 동네, 그리고 30분 거리의 큰 쇼핑몰은 편하게 다니고 있다. 이제 마을 초입의 좁은 길에서 다른 차를 만나도 긴장하지 않는다. 조심해야 할 지점에서는 천천히 가고, 후진도 예전처럼 벌벌 떨지는 않는다(조금만 떤다). 운전을 처음 하던 때에 비하면 겁 많은 내가 많이 발전한 것이

다. 비켜줘서 고맙다고 다른 차가 비상등을 켜면 '에헤이, 비상등은 넣어둬요'라며 혼자 손사래를 치는 여유도 부려본다.

'텅' 빈
배달의
민족

'텅'

  곳간이 비듯 배달 애플리케이션이 '텅' 비었다. 동네에 치킨집, 피자집, 식당, 커피숍이 없는 것도 아닌데 이곳은 왜 배달이 안 될까. 양평에서도 빌라나 아파트가 많은 곳은 되는 걸 보면 아마도 주택이 대부분이라 사람이 적게 살기 때문인 것 같다. 사람이 많지 않으니 자연히 주문이 적고, 집들이 띄엄띄엄 있으니 배달 거리가 멀다. 많지 않은 주문을 위해 배달 기사가 상주하기 힘드니 배달로 이윤을 남기기 좋은 곳이 아니다.

  덕분에 우리 가족의 선택지에서 배달은 사라지게 됐다. 배달만 안 될 뿐 직접 가게에 가서 먹거나 포장해오는 것은 가능하므로 외식 생활은 꾸준히 이어가고 있다. 그래도 손가락 몇 번 톡톡 하면 집까지 배달해주는 편리

함에 비할 수 없다. 모처럼 남이 해준 밥이 먹고 싶다가도 밖에 나가는 것 자체가 번거로워 집에서 해결하는 경우가 많다.

메추리알 조림과 애호박볶음은 가족 모두가 잘 먹으니 자주 하고, 브로콜리도 데쳐서 냉장고에 넣어 둔다. 밥하는 게 부담일 때는 반찬가게에 의지하거나 한 그릇 음식을 주로 한다. 주먹밥, 볶음밥은 채소를 소진하기 좋고 아이 먹이기도 편하다. 많이 해서 얼려두면 다음 날 점심으로도 먹을 수 있다. 계란찜도 전자레인지에 하면 간편하다.

다행히 남편과 아이는 음식에 까다롭지 않다. 아이는 매운 음식만 아니면 대체로 잘 먹는다. 남편은 식사를 대체할 알약이 개발되기를 기다리는 무식욕자인데, 식욕도 없지만 음식 투정도 없다. 주는 대로 먹고 밥하는 사람의 노고를 안다. 출근할 때 계란 프라이를 해주면 아침부터 이렇게 손 많이 가는 걸 했느냐며 고마워한다.

문제는 나다. 먹는 건 좋아하는데 음식은 잘하지 못한다. 요리 과정도 그리 달갑지 않다. 먹기도 잘하고 만들기도 잘하면 좋으련만 왜 내게는 반쪽의 재능만 있는가.

먹고 싶은 건 또 어찌나 화수분처럼 솟아나는지. 텔레비전에서 곱창이 나오면 곱창이 먹고 싶고, 김치찌개가 나오면 그게 먹고 싶다. 남들 먹는 건 다 먹고 싶어진다는 말이다. 예전이라면 당장 배달 애플리케이션을 켜고 검색에 들어가겠지만 지금은 현실적으로 가능한지 생각해본다. 왜냐, 내가 만들어 먹어야 하기 때문이다.

얼마 전에는 텔레비전을 보고 육개장을 끓였다. 마침 집에 국거리용 한우가 있었다. 내 평생 말로만 듣던 이 어려운 음식을 할 줄이야. 대단한 사람이 된 듯했지만 맛을 보고 알았다. 좋은 재료 다 넣어서 만들어도 국물이 이렇게 밍밍할 수 있구나. 맵기만 하고 깊은 맛은 없는 국물을 떠먹으며 연신 "그렇구나"만 반복했다. 하루 지나면 간이 배어서 나을지 몰라, 하고 기대했으나 밍밍함은 그대로였다. 주는 대로 먹는 남편마저 한사코 마다하는 바람에 한솥 가득 끓인 육개장은 며칠에 걸쳐 간신히 소진했다. 언제쯤 다시 육개장에 도전할지는 모르겠다.

동네에 없는 프랜차이즈 음식은 대체품을 찾는다. 햄버거 가게가 없어서 낙심하던 중 해장국 집에서 햄버거 파는 것을 발견했다. 해장국과 햄버거라니, 믿기지 않는

조합에 의심이 갔다. 다행히 가게 리뷰를 보니 맛있다는 의견이 많았다(리뷰를 단 사람 대부분은 나처럼 의문을 품고 있었다. 왜 해장국 집에서 햄버거를 팔지? 심지어 왜 맛있지?). 세트에 탄산음료가 포함 안 된 건 아쉽지만 맛은 괜찮아서 햄버거는 이 집으로 정착했다. 주로 배달을 많이 시키던 금요일에는 반찬가게의 금요 특선 메뉴를 활용하거나(금요일에는 닭발, 보쌈 이런 걸 내놓으신다) 남편이 퇴근길에 치킨집에서 포장해온다.

동네에 배달 되는 곳이 없어 배달 소음이 없는 건 장점이다. 일회용 포장 용기도 적게 나오니 환경에도 도움이 되리라 믿는다. 남편은 이제 휴대폰 속 배달 애플리케이션을 지우라고 하지만 그건 아직이다. 내 삶의 윤활유가 되어주던 배달 음식들. 얼마나 많은 희로애락을 그들과 함께했던가. 잊을 만하면 한 번씩 혹시 하는 마음으로 배달 애플리케이션을 열어본다. 역시나 '텅'이지만 차마 지우지 못하고 다음을 기약한다.

이웃과
적절한 거리
유지하기

비가 오면 마을 단톡방이 바빠진다. 특히 큰비가 오는 장마철에는 비상이다. 내내 잠잠하던 단톡방이 쏟아지는 빗방울처럼 톡톡톡톡 울린다. 마을 사람들이 날씨에 민감한 이유는 비가 많이 오는 장마철에 토사가 흐른 적이 있기 때문이다. 그때의 경험으로 비가 오기 전 다 같이 모여 마을 배수로를 정비하고, 보수할 곳을 찾는다. 날짜와 시간이 정해지면 사람들이 모인다. 못 온다고 불이익이 있는 건 아니다. 그날 못 나가면 내 집 주변만 알아서 챙기면 된다.

나는 되도록 남편과 함께 가거나 둘 중 하나는 참여하려고 한다. 작게나마 보탬이 되려는 마음도 있지만 일단은 궁금하다. 마을이 어떻게 돌아가고, 관리해야 하는지 직접 보고 싶다. 우리보다 먼저 이사 온 분들이 대부분이라 참석하면 뭐라도 배우는 것이 있다. 지난번에는 배수

구를 여는 데 필요한 쇠 지렛대도 하나 얻었다. 내가 너무 탐욕스러운 눈빛으로 쳐다봤는지 집에 여러 개가 있다며 하나 주셨다. 전원생활은 공구가 생명이기에 사양하지 않고 넙죽 받았다. 봄맞이 마을 청소에는 아이도 데리고 갔다. 마을분들께 인사를 드리고, 아이에게 동네의 일원으로서 해야 할 일을 알려주고 싶었다.

얼마 뒤 열린 마을 잔치에도 참석했다. 위쪽에 사는 친구도 온다고 했더니 우리 아이도 신이 나서 잔치에 갔다. 그날 아이는 낯선 사람들 틈에서 부끄러워하는 듯 보였다. 그런데 나중에 마을 잔치가 재미있었다고 말해서 의외였다. 마을 잔치 또 언제 하느냐고 묻기에 뭐가 기억에 남았는지 물으니 그냥 좋았단다. 여럿이 모여 맛있는 걸 먹고 상품 뽑기도 해서 그런가 보다. 마을 정비나 청소는 구성원의 의무라고 생각해서 시간이 맞으면 당연히 가려고 한다. 반면 마을 잔치는 친목 성격이 강한 것 같아서 고민했는데 아이의 반응을 보니 가기 잘했다는 생각이 들었다.

이장 선거에 가서 투표권을 행사하고, 북한강 산책로에서 열리는 매실 따기 체험도 했다. 이런저런 행사에 꽤 열심히 참여하는 내가 남편은 예상 밖인가 보다. 개인주의가 강한 나는 공동주택의 익명성을 사랑했다. 굳이 위아래에 누가 사는지 알고, 인사를 하고 지내야 할까. 누구든 엘리베이터에서 만났을 때 "안녕하세요" 정도 흘날리면 충분하지 않나. 우리가 아파트에 사는 2년 동안 아랫집과 윗집이 바뀌었지만 그저 사다리차로만 그 사실을 알아도 전혀 섭섭하지 않았다. 오히려 안면을 트면 그 뒤부터는 인사를 하고 지내야 하니 처음부터 모르는 편이 낫다고 생각했다.

그런 나였기에 집을 짓기로 하고 땅을 보러 다닐 때 이웃과의 물리적, 심리적 거리를 어떻게 유지할까 걱정했다. 결속력이 너무 강한 공동체면 어쩌지, 버거운 책임이 맡겨지진 않을까 미리 상상했다. 텃세에 대한 막연한 두려움도 있었다. 그래서 외지인이 많은 이곳을 선택한 이유도 있다. 동네에 집들이 모두 새로 지어서 이사 왔기에 원주민이라기보다 조금 먼저 오고, 늦게 오고의 차이만 있다.

다만 이웃집들과 너무 붙어 있는 건 결정을 망설이게 했다. 필지가 크지 않아 집들이 촘촘하게 이어진 탓이다.

물리적으로 이웃집들과 거리가 가깝다 보니 조심하는 건 있다. 층간소음은 없지만 집 간 소음은 존재한다. 동네가 워낙 조용해서 마당에서 너무 크게 떠들거나 음악을 쩌렁쩌렁하게 틀지 않는다. 이웃집이 보인다고 해도 노골적으로 쳐다보지 않도록 시선을 신경 쓴다.

그런데 직접 겪어 보니 겁 많은 나에겐 단점이 곧 장점으로 바뀌었다. 방범을 위해 담을 치고 삼중 창을 설치하고 CCTV도 달았지만 가장 든든한 건 이웃집들이다. 서로의 집과 마당이 보이고, 도둑이 들어도 소리치면 닿는 거리다. 언젠가는 마당에서 방울토마토를 구경하다가 벌이 날아들어 비명을 지른 적이 있다. 옆집 문이 벌컥 열리고 소리의 근원지를 찾는 눈길이 느껴졌다. 멋쩍어진 나는 집으로 들어갔다.

남편 차의 타이어가 펑크 난 것을 알려준 이도 이웃이었다. 이른 아침 테니스를 다녀온 남편이 씻고 출근 준비를 하는데 전화가 울렸다. 강아지를 산책시키는 길에 보니 남편 차가 유난히 땅에 가라앉아 있더란다. 유심히 봤더니 뒷바퀴가 펑크 났다며 이를 알려주려고 전화한 것이다. 남편이 테니스를 치고 돌아오는 길에 터진 모양인

데 말해주지 않았으면 모르고 출근할 뻔했다. 덕분에 위험한 상황을 모면했다. 외따로 떨어져 있는 집이면 유유자적 지낼 수는 있겠지만 터진 타이어를 발견해주는 이웃도 없을 것이다.

　심리적으로는 자연스레 거리두기가 유지되고 있다. 동네에는 나 같은 부류의 사람이 많은 것 같다. 거리 두고 살고 싶은 사람들, 가족이 우선인 사람들이다. 여름이면 마당에 수영장을 설치하고, 날이 좋으면 여기저기서 바비큐 하느라 고기 냄새가 퍼진다. 다들 자기 집 '안'에서 가족끼리 즐기느라 정신없다. 서로 친분이 두터운 집도 있지만 다른 집들에까지 강요하진 않는다. 각자 조용조용 산다. 나는 주목받는 게 부담스러워 '어디서든 있는 듯 없는 듯 살자'가 신조인데 동네에 꽤 자연스럽게 들어앉은 것 같아 만족스럽다. 와글와글하던 단톡방도 장마가 끝나고, 폭설이 그치면 기나긴 휴지기에 들어간다.

올해 우리 집 초복 메뉴는 보쌈이었다. 곁들여 먹을 상추를 따러 마당에 간 남편이 무슨 큰일이라도 난 듯 허겁지겁 들어왔다. 앞집, 뒷집, 아랫집 모조리 고기를 굽고 있단다. 마당에 나가 보니 지글지글 소리와 함께 맛있는 냄새가 사방에서 풍겼다. 남편은 우리도 질 수 없다며 당장 고기를 사다 구워 먹어야 한다고 주장했다. 그러고는 마트로 내달렸다. 결국 우리는 시류에 편승해 보쌈 대신 목살을 구워 먹었다.

이웃집 따라 갑자기 저녁 메뉴가 바뀌는 건 장점일까 단점일까.

남편이
살이 안 찌는
이유

이사 온 뒤 가까운 거리도 차를 타고 다니다 보니 운동량이 현저히 줄었다. 몸무게를 재보진 않았지만 살이 찐 게 느껴진다. 1층과 2층을 이어주는 계단을 오르내리긴 하지만 숨이 찰 정도의 운동은 아니다. 볕 좋은 날 마당에서 먹는 밥은 별다른 게 없어도 입맛을 돋운다. 같은 라면인데도 밖에서는 더 꼬들꼬들하다. 맨밥에 물만 말아도 꿀떡꿀떡 들어간다. 집 안보다 밖이 산소 농도가 높아서 그런가, 아니면 집 주변 나무에서 피톤치드가 나오나, 변명을 해보지만 어째 입맛은 나만 도는 것 같다.

나와 달리 남편은 꾸준히 마른 몸매를 유지 중이다. 처음 봤던 스무 살 때부터 마흔에 접어든 이 시점까지도. 하지만 말랐다고 하면 정색하며 싫어하기 때문에 이 글에서는 날씬하다고 표현하기로 한다. 남편은 안 그래도 날씬한데 요즘 더욱더 살이 빠져서 걱정이 많다.

날씬한 남편과 달리 나는 표준체중을 넘나들며 남편과의 몸무게 격차를 줄이고 있다. 자꾸 살이 빠져 걱정인 남편에게 내가 몸소 증명한 살찌는 방법을 가르쳐주었다.

첫째, 배가 불러도 꾹 참고 한 숟갈 더 먹는다.

살이 찌려면 첫째, 뇌가 보내는 신호를 무시하고 그만 먹고 싶어도 한 입 더 먹어야 한다. 배 조금 부르다고 그만 먹는 게 말이 되느냐, 넌 지금 절실함이 없다, 식탁을 탕탕 치며 훈수를 둔다. 하지만 남편은 배가 부른데 어떻게 더 먹냐며 숟가락을 놓는다. 계속되는 내 숟가락질만 민망해진다.

둘째, 맵고 짠 음식을 먹어라.

남편은 속이 부대낀다며 맵고 짠 음식을 즐기지 않는다. 심심한 간을 찾고 김치도 별로 안 좋아한다. 이래서야 살이 찌겠는가. 맵고 짠 걸 좋아하는 나도 먹고 나면 속이 쓰리다. 하지만 그걸 이겨 내고 먹어야 하는 거다. 내가 옆에서 빨갛게 양념이 된 떡볶이, 주꾸미볶음, 닭발을 암만 먹어도 남편은 몇 점 먹고는 그만둔다. 너 이래서 쓰겠니, 나는 혀를 쯧쯧 찬다.

   셋째, 아무리 바빠도 밥을 꼬박꼬박 챙겨 먹어라.

   일이 많은 날은 밤 11시, 12시에 퇴근하는데 남편은 이때도 저녁을 안 먹고 오는 경우가 꽤 된다. 늦을 것 같으면 6시나 7시쯤에는 밥을 먹어야 하지 않는가. 두 시간 이상 야근할 것 같으면 못 해도 '돈가스 & 스파게티 세트'는 먹던 사람으로서 도통 이해할 수 없다. 남편은 그냥 생으로 굶는 모양이다. 남들은 책상에 앉아만 있으니 살이 찐다는데 남편은 책상에 앉아만 있어서 살이 빠지고 있다.

   넷째, 나중은 없다. 있을 때 먹자.

   밥 먹고 내가 과자 봉지를 뜯으며 권하면 남편은 사양한다.

   "난 됐어."

   그런 남편도 가끔은 과자가 당기는지 몇 달에 한 번은 찬장을 뒤지며 군것질거리를 찾는다.

"저번에 과자 사놓은 거 어디 있어? 다 먹었어?"

3개월 전에 사놓은 과자를 마치 어제 산 과자 찾듯이 말한다. 그 과자는 당일에 다 먹었고, 그 뒤로도 과자들은 여러 번 바뀌었단다. 날씬한 남편에게 고하노니 있을 때 먹자, 나중은 없다.

오늘도 남편은 저녁으로 시킨 치킨을 몇 조각만 먹고 젓가락을 놓는다. 그러면서 자기는 왜 살이 안 찌는지 궁금하단다. 사실 나도 궁금하다. 결혼 생활이 행복한 사람일수록 살이 찐다는 연구 결과가 있던데 왜 나만 살이 찔까. 남편은 점점 빠지는데.

나도 정말 모르겠다.

놀이터를
찾아서

아이를 키우다 보니 놀이터의 중요성을 새삼 깨닫는다. 노는 게 전부이고, 놀이를 통해 크는 아이들이 안전하게 모여서 '놀이'를 할 수 있는 '터'. 그네와 미끄럼틀, 시소 등이 갖춰진 놀이터일 수도 있고, 걷기만 해도 먼지가 날리는 장소일 수도 있다. 화려한 놀이터든 흙먼지 날리는 투박한 곳이든 아이들에게는 또래 친구들과 놀 수 있는 공간이 필요하다.

아이가 걸음마를 시작한 돌 무렵부터 같이 손을 잡고 동네를 산책했다. 목적지는 집 근처의 근린공원. 집에서 5분 거리의 그곳에서 아이는 돌멩이와 나뭇잎을 줍고, 땅에 떨어진 열매를 으깼다. 자기 엉덩이까지 오는 계단을 기듯이 올라가고, 고양이와 눈인사했다. 아직 어려서 구름다리 같은 놀이기구를 탈 수는 없었지만 동네 형과 누나들이 노는 모습을 유심히 지켜보기도 했다.

아파트로 이사 간 뒤 놀이터는 풍족해졌다. 단지 안에 놀이터만 4개였고, 20개월로 접어든 때여서 아이도 제법 날쌔졌다. 우리는 2년간 매일 놀이터로 향했다. 언젠가 비가 오는 날에 우비와 장화를 신고 나갔는데 아이가 어딘가를 손가락으로 가리키며 말했다.

"엄마 저기 좀 봐! 엉덩이가 있어!"

뭐라, 엉덩이? 놀이터에 변태가 침입해서 엉덩이를 내놓고 있나 해서 두 눈을 부릅뜨고 주위를 둘러봤다. 아이가 가리킨 것은 엉덩이가 아니라 '웅덩이'였다. 그 뒤로 우리는 물이 고여 있는 웅덩이를 '엉덩이'라 부르며 첨벙거렸고, 눈이 오면 장갑과 목도리를 준비해 야심 차게 집을 나섰다. 놀이터에는 항상 아이들이 있었다. 집에서 복닥거리느니 놀이터에서 다른 아이들과 어울려 노는 편이 부모에게도 편했다. 아파트가 아이 키우기 최고라는 말은 '놀이터' 측면에서 보면 정말이었다. 아파트 놀이터만 순방해도 두 시간은 훌쩍 지났다.

그러다 전원주택으로 오면서 가장 큰 걱정은 놀이터였

다. 가을의 끝자락, 겨울 초입에 이사한 터라 걱정은 현실이 됐다. 어린이집에 자리가 없어 대기를 걸고 한 달여를 기다려야 했는데 그동안 동네를 구석구석 둘러봐도 놀 곳이 눈에 띄지 않았다. 주변에 어린이집도 몇 개 있고, 초등학교, 중학교도 있어서 아이들이 없는 동네가 아닌데 놀 곳이 왜 없을까? 건물이나 사람이 밀집한 곳은 아니니 땅이 없어서 못 만드는 건 아니지 싶었다. 어디든 작게라도 만들어주면 아이들은 날씨 상관없이 모여서 놀 텐데.

마을 초입에 미끄럼틀과 그네가 있는 작은 놀이터는 겨울이라 그런지 관리가 안 됐다. 탈 수 있는 건 그네뿐, 미끄럼틀은 얼룩덜룩해서 올라갈 수 없었다. 물티슈로 박박 문질러도 지워지지 않는 때에 미끄럼틀 본연의 기능을 잃은 채 한 번에 미끄러지지 못하고 중간에 턱턱 걸렸다. 그나마 있는 이 작은 놀이터도 관리가 소홀해서인지 겨울이라 그런지 모르겠지만 우리밖에 없었다. 안 되겠다 싶어 인터넷 지역 카페에 '놀이터' 관련 글을 검색했다. 어린아이를 키우는 사람들은 나와 고민이 같았다.

"이사 온 지 얼마 안 됐는데 근처에 갈 만한 놀이터 있나요? 아이가 놀이터 가자고 노래를 불러요."

"어린아이들 어디서 노나요? 집에서 놀아주는 것도 한계네요. 주변에 놀이터 있을까요?"

답변도 같았다.

"근처에는 없어요. 차라리 차 타고 근처 도시의 키즈카페로 가세요."

"나무 많고 자연이 가까이에 있는 건 좋은데 아이들 놀이터는 없어요."

전원주택은 자연은 가까이에 있지만 놀이터는 저 멀리 있었다. 네 살 아이는 "심심해", "놀이터 가자"를 달고 살았다. 마당에 아이가 좋아하는 모래놀이 세트를 사다 났지만 혼자 하는 놀이는 쉽게 지쳤다. 그렇다고 매번 돈 쓰며 키즈카페에 갈 수는 없는 노릇이었다.

그나마 내가 이사하기 한 달 전 실내 놀이터가 만들어졌다. 이곳에서 아이를 키우는 보호자들이 '서종에서 아

이 키우기'라는 단체를 만들어 경기도와 양평군의 사업 예산을 받아 꾸몄다고 한다. 아이들의 놀 곳을 위해 미리 애써주신 분들 덕분에 나와 내 아이가 감사히 이용할 수 있었다. 어린이집에 입소하기 전까지 아이와 자주 이곳을 방문했다. 레고와 보드게임, 주방 놀이가 있어 아이는 그곳을 좋아했다. 마을 초입의 놀이터도 봄이 되자 청소했다. 날이 풀리자 아이들이 조금씩 많아지는 걸 보니 겨울이라 사람이 없었나 보다.

어린이집에 다니는 지금은 하원 후 어린이집 놀이터에서 친구들과 한두 시간 동안 놀다가 집에 온다. 예전 아파트 놀이터에 비하면 공간도 작고, 놀이기구도 소박하다. 그래도 아이들은 솔방울 하나만으로도 까르르 웃으며 저들끼리 잘 논다. 서로의 집에 방문해 한나절씩 놀다 오기도 한다. 주택에 사는 친구가 많은데 대부분은 마당에 모래놀이나 물놀이 등 아이들이 놀거리를 갖춰 놓고 있다(부모들의 생존 키트랄까). 처음엔 엄마와 같이 가다가 얼굴이 익숙해진 요즘은 아이만 데려다주고 몇 시간 지나서 데리러 간다. 아이가 친구 집에 가면 다음엔 내가 그 친구를 초대해 우리 집에서 같이 논다. 친구와 둘이 있으면 아이가 엄마를 찾지 않으니 나도 편하다. 자기들끼리 온 집을 쏘다니고 나는 간식과 밥을 챙겨주기만 하면 된다.

이사 초기 부족하기만 했던 놀이터는 이렇게 메꾸어지고 있다. 아무 때나 만나서 놀 수 있는 공공의 장소가 없는 건 여전히 아쉽지만 지금 처한 상황에 맞춰 여러 가지 놀 궁리를 하는 중이다.

여행하는 기분

주말에 외출할 때는 시간을 잘 맞춰야 한다. 토요일은 서울에서 양평으로 들어오는 길이 막히고, 일요일은 양평에서 서울 가는 방향이 막힌다. 처음에는 멋모르고 나갔다가 차가 막혀 고생했는데 몇 번의 시행착오를 겪은 뒤 요령이 생겼다. 제일 좋은 방법은 주말에 안 나가는 것이고, 꼭 나가야 한다면 반대로 움직인다. 토요일에는 서울 쪽으로 가고, 일요일은 아침 일찍 나갔다가 점심쯤 들어온다. 그러면 교통 체증을 피할 수 있다.

반복되는 교통 체증은 양평에 살면 겪는 문제다. 평일은 이렇게 막히지 않는데 주말마다 정체가 반복되는 것은 사람들이 많이 찾는 관광지이기 때문이다. 양평은 서울 근교에 있어서 다녀오기 부담스럽지 않고, 산과 강이 어우러진 풍경이 아름다워 인기가 많다. 아울러 강원도로 가는 길목이어서 이곳을 지나가는 차가 많기도 하다.

교통 체증은 아쉽지만 관광지에 사는 장점도 있다. 뛰어난 자연경관을 매일 볼 수 있고, 남들은 큰맘 먹고 시간 내서 놀러 오는 곳을 동네 마실 가듯 갈 수 있다. 주말이면 앉을 자리가 없을 만큼 붐비는 집 근처의 유명 관광지나 커피숍, 맛집도 평일에는 한가하다. 북한강이 보이는 카페에 앉아 글을 쓰고, 멋진 풍경을 질리도록 볼 수 있다. 건물이 빽빽하게 들어서지 않아서 카페든 음식점이든 경치 좋은 곳에 큼직하게 있고, 더불어 주차장도 여유롭다.

다음을 기약할 수 있으니 오늘 무언가를 다 해야 한다는 압박도 없다. 이사 오기 전에는 두물머리에 방문하면 항상 연잎 핫도그를 먹었다. 여기까지 왔는데 배가 안 고파도 꼭 먹어야 한다는 사명감에 불탔다. 반면 요새는 언제든 내킬 때 가서 먹을 수 있으니 무리하지 않는다. 오늘 못 먹으면 내일 다시 와서 먹지 뭐, 하는 마음이다. 여행을 와야 즐길 수 있는 것들을 일상에서 손쉽게 접할 수 있으니 매일 여행하러 온 것처럼 살고 있다.

남편과 연애할 때 태국에 갔었다. 오래 만났지만 해외여행은커녕 국내 여행도 몇 번 안 가본 우리였다. 시간은 있으나 돈이 없던 학생 때를 지나니, 돈은 있으나 시간이 없는 직장인 시기가 도래했다. 그러다 연일 밤샘을 하던 남편에게 살인적인 일정의 현상설계를 마친 대가로 며칠의 휴가가 주어졌다. 당시 내가 다니던 회사도 연차가 후했다. 우리는 호기롭게 일주일 일정으로 태국에 갔다.

평생을 같이 산 부부도 여행지에서 싸우는 경우가 많다는데 우리는 단 한 번도 싸우지 않았다. 택시비를 바가지 쓴 것 같다고 내가 씩씩대니 한국 돈으로 이천 원이라며 신경 쓰지 말자고 하고, 무거운 짐도 남편이 도맡아서 들었다. 태국에 간 지 이틀 만에 한국 음식이 먹고 싶어서 뙤약볕 아래 김치찌개를 파는 한식당을 찾아 헤맬 때도 짜증 한 번 내지 않았다(김치찌개를 먹고 싶어 하는 주체가 나였다). 아니 얘가 이렇게 좋은 사람이었나, 오래 사귀어서 내가 너무 무디게 봤구나, 하는 생각이 들 정도였다. 그리고 그 이듬해 우리는 결혼했다. 태국 여행이 결혼을 결심하는 데에도 당연히 영향을 미쳤다. 여행이라는 극한(?) 상황에서 사람의 본성이 드러난다고 생각했기 때문이다.

그런데 시간이 흘러 생각해보니 남편은 그냥 여행을

좋아하는 사람이었다. 여행하러 오니 자기 기분이 좋아서 옆 사람에게 후하게 대한 것뿐이었다. 옆에 있던 사람이 '나'여서가 아니라 그게 누구든 잘해줬을 것이다. 남편이 써 놓은 여행 일기가 이를 뒷받침하는데, 둘이 같이 와서 좋다는 건 처음 한 줄 뿐이고 나머지는 죄다 그저 여행 찬양문이다. 여행 오니 살 것 같다, 여기에 와서 마음의 안정을 얻는다 등등. 야근과 밤샘을 수시로 하던 그때의 남편에게는 여행이 극한 상황이 아니라 현실이 극한 상황이었을 것이다.

양평에서는 매일 여행하는 기분으로 살다 보니 남편도 나도 많이 유해졌다. 남편의 출근길에는 북한강이 함께 한다. 봄이면 벚꽃으로 유명한 북한강로를 타고 사무실로 향하는데 출근길이 이렇게 아름다울 일인가, 매번 감탄한다고 한다. 나도 양수리에 갈 때면 그 길을 이용한다. 강을 옆에 두고 유유히 흐르는 길이 날마다 새롭고 좋다.

오늘은 여행 기분도 낼 겸 그 길을 따라 두물머리에 가서 핫도그를 하나 먹고 와야겠다.

집의 사계절,
나의 사계절

가장 좋아하는 계절을 꼽으라면 무엇을 골라야 할지 망설여진다. 겨우내 입은 묵은 패딩을 빨아 장롱에 넣으면 여봐란듯이 꽃샘추위가 찾아오는 봄인가, 커다란 수박을 낑낑거리며 들고 오는 여름인가, 아침저녁으로 코가 시큰한 가을인가, 눈 오는 날이면 괜히 읍내까지 산책 다녀오던 열세 살의 내가 생각나는 겨울인가.

계절은 음식과 함께 오기도 한다. 여름이 다가오면 식당에선 콩국수, 냉면 같은 메뉴를 내놓는다. 어릴 적 주말이면 온 식구가 아침 일찍 온천에 갔다가 시장 안에 있는 칼국숫집에 들르는 것이 코스였다. 여름이 되면 가족들 모두 콩국수를 시키는데 나는 꿋꿋이 칼국수를 고수했다. 소금과 설탕을 친다 해도 밍밍한 콩국수는 한 그릇을 다 먹기 힘들었다. 지금도 여전히 '칼국수 파'지만 가끔은 콩국수를 시킨다. 콩국수의 담백함이 주는 어른의

맛을 조금은 즐기게 됐다.

겨울은 붕어빵으로 알 수 있다. 요즘엔 붕어빵도 종류가 다양해서 안에 팥뿐만 아니라 슈크림이 들어가고, 크기가 작은 제품도 나온다. 이사 오기 전 살던 동네에서 잔챙이 붕어빵이라고 한입 크기의 작은 붕어빵을 팔았는데 인기가 많았다. 팥 들은 것은 5개에 천 원, 슈크림이 든 것은 4개에 천 원이었다. 바삭한 부분이 많고, 크기가 작아서 아이도 편히 먹었다.

매일 붐비던 붕어빵 가게가 모처럼 한산한 날이었다. 아이가 지난번에 슈크림을 잘 먹길래 그걸 사주려고 했는데 자기는 오늘 붕어빵 안 먹는단다. 그럼 나라도 먹어야지 하고 주문했는데 앞서 기다리던 손님이 "아이부터 주세요"라며 양보하셨다. 주인아저씨는 지금 막 오픈해서 만드는 중이니 시간이 걸린다며 미리 시험용으로 만들어 놓은 몇 개를 아이에게 맛보기로 건네주셨다. '내가 먹고 싶어서 사는 건데 어쩌지' 하다가 모두를 속이는 것 같아서 실토했다.

"애는 배부르대요, 제가 먹으려고요."

주인아저씨는 껄껄 웃으며 건네려던 붕어빵을 다시 거둬들이셨다.

잔챙이 붕어빵으로 기억되는 그때를 끝으로 집을 지어 이사 왔다. 주택에서 사계절은 집 안팎을 타고 온다. 지나가는 계절과 새로이 다가오는 계절이 서로 내 집 마당, 대문 안으로 교차하듯 지나간다. 주택에서 계절의 변화가 조금 더 가까이 느껴지는 건 계절마다 해야 할 일이 있기 때문이다. 때맞춰 준비해야 그 계절을 온전히 즐길 수 있다.

봄이 오면 텃밭을 일구고 마당을 정리한다. 날씨가 좀 풀렸다 싶으면 농협 경제부에 가서 퇴비와 배양토를 사다 한 달 전에 미리 섞어놓아야 한다. 첫해에 텃밭이 처음이라 그걸 모르고 배양토만 넣어 토마토, 상추 등을 심었더니 잘 못 자랐다. 물도 수시로 주리라. 물을 적게 주어 말라죽은 작물도 있다. 올해의 실수를 돌이키며 내년에는 실패를 만회하리라 다짐한다. 겨우내 마당을 지켜준 그라스는 새로 자랄 수 있도록 아랫부분을 잘라준다. 봄이 되어 날이 풀리면서 데크에 있는 시간도 길어진다. 접이식 테이블과 캠핑 의자 세 개를 아예 데크에 내놓고

주말이면 삼시 세끼를 모두 밖에서 먹기도 한다.

　여름에는 수영장을 설치한다. 수영장을 살까 말까 고민하다가 8월이 되어서야 샀는데 그해 산 물건 중 가장 잘 썼다. 얼마나 쓰겠나 싶어 망설이다가 결정이 늦어졌다. 아이도 좋아하고, 남편과 나도 기대 이상으로 만족한다. 어린이집에서 하원하면 바로 수영복으로 갈아입고 해가 질 때까지 두어 시간 물에 들어가 아이와 논다. 해가 강할 때는 그늘막을 쳐서 그늘을 만들고, 간단한 음료를 아이스박스에 넣어 옆에 놓고 나들이 기분을 낸다. 아이는 물놀이하니 저녁도 달게 먹고, 잠도 잘 잔다. 아이만 놀겠지 해서 작은 걸 샀는데 웬걸, 물놀이는 어른도 너무 신나는 일이다. 놀다 보니 셋이 쓰기에는 좁아서 내년에는 더 큰 걸 사기로 했다. 6월부터 마당에 펼쳐 놓을 계획이다.

　서늘한 가을이 온다 싶으면 수영장을 거두고 마당에 텐트를 친다. 덥지 않고 모기도 없어서 밖에서 놀기 좋은 계절이다. 우리는 원터치 텐트 조그만 것만 있는데 언니가 큰 텐트를 주어 고맙게 잘 쓰고 있다. 남편이 뚝딱뚝딱 텐트를 세우면 버너를 가져가 그 안에서 조개를 굽고,

고기도 먹는다. 그릇, 조미료, 테이블, 의자 등 필요한 건 다 집에 있으니 고대로 들고 옮기면 된다. 아이는 자기 장난감을 텐트로 이사시키느라 부산하다. 잠자리가 불편해 캠핑을 즐기지 않는 우리 부부에게 마당 캠핑은 좋은 점만 가득하다. 놀다가 잠은 안방에서 편히 자면 되니까 말이다.

양평의 겨울은 소문만큼 춥다. 기온이 서울보다 3도가량 낮다. 겨울이면 차에 성에가 껴서 전날 저녁에 미리 앞 유리 가림막을 친다. 그래야 아침마다 성에를 긁어내는 수고를 덜 수 있다. 추운 날씨에 방전되기 쉬우니 차

배터리도 살펴본다. 수돗가의 부동전을 방한재로 감싸고, 땅에 묻힌 수도 계량기에는 안 입는 옷을 채워 넣어 동파를 막는다. 눈이 오면 길을 쓸어야 하니 제설 장비도 갖춘다. 눈 쓸기용 빗자루 하나, 눈 밀대 두 개를 창고에 보관 중이다. 빗자루보다 눈 밀대가 효율이 높아서 남편과 하나씩 쓰고 있다. 눈이 오면 마을 공동 물품인 송풍기가 출동한다. 송풍기가 지나간 뒤 각자 자기 집 앞을 쓴다. 아이는 눈을 치우는 엄마 아빠 옆에서 눈사람을 만들거나 집게로 오리를 제작한다.

이사 와서 첫 사계절을 보내고 나니 주택에서 어떻게

생활해야 하는지 조금씩 요령이 생기고 있다. 집의 사계절에 맞춰 나의 사계절도 채워지는 느낌이다. 아침마다 마당에 나가 그날의 날씨를 가늠하고, 마당의 꽃과 나무가 자라는 걸 보며 계절이 바뀌는 걸 마주한다. 미숙했던 부분은 점차 나아지겠지 생각하기로 했다.

이제 다가올 겨울을 대비해 내게 남은 월동 준비는 단 하나, 바로 붕어빵이다. 아직 동네에 맛있는 붕어빵 파는 곳을 발견하지 못했다. 겨울이 깊어지기 전에 어서 붕어빵 가게를 찾아야 한다.

노출 콘크리트와
악플

우리 집은 내부를 노출 콘크리트로 마ᄎᄑ감했고, 열효율이 좋은 패시브 주택으로 지었다. 2층은 가벽을 세우느라 일부 목공 작업을 했지만 집 전체로 보면 비율이 높지 않다. 노출 콘크리트는 건축가인 남편의 결정이었다. 이유는 마감에 드는 예산을 절약하고, 에너지 축열 성능을 시험하고자, 그리고 추후 스터디를 위해서다(실험 정신이 강한 남편은 자꾸 집을 이렇게 저렇게 바꾸고, 더하고 뺀다. 나중에 2층 가벽을 다 털고 뭔가 할 거라는데 못 들은 척하고 있다). 노출 콘크리트도 여러 종류가 있는데 우리 집은 '유로폼 노출'이라는 거친, 날 것 그대로를 보여주는 형식이다(즉, 노출 중에서 저렴한 공법이다).

노출 콘크리트는 호불호가 극명하게 갈리는 선택인데 나는 어느 쪽이냐면 '극호'다. 남편이 내부를 노출 콘크리트로 마감하자고 했을 때 외부도 노출로 하면 안 되냐고 물어봤을 정도다. 재료 본연의 거친 날 것 그대로를 좋아한다.

집이 완공된 후 감사하게도 잡지 여러 곳에 실렸다. 한곳에서는 그달의 특집으로 자기 집을 짓고 사는 건축가 세 명을 소개했다. 그중 하나가 우리 집이었다. 종이 잡지가 나오고 얼마 뒤 같은 내용이 네이버 포스트로 올라왔는데 포털의 '리빙' 부문 메인에 걸렸나 보다. 모르고 있다가 지인이 말해주기에 우리 집을 찾아봤다. 우리 집이 나온 페이지에 댓글이 많이 달리고 있었다. 댓글의 90퍼센트는 노출 콘크리트에 대한 맹비난이었다. 가루 나온다, 오염물질 발산된다, 가정집에 노출이 웬 말이냐, 공사가 덜 끝난 거 아니냐는 내용이었다. 호불호가 갈리는 선택이니 '불호'에 해당하는 사람들도 당연히 있을 것이다. 가정집에 노출 콘크리트가 흔한 일은 아니므로.

댓글 중 개인의 기호를 떠나 잘못된 추측이 마치 사실처럼 올라오기도 했다. 남편이 잘못된 정보에 관해서는 설명을 달았다. 그 내용을 옮기면 이렇다.

먼저 공사비와 실내 노출 콘크리트에 관해서다.

"실내 노출 콘크리트에 대해 많은 얘기가 있는데, 실제 공사 비용을 줄이기 위해 시작한 것이 맞습니다. 그래서 가장 저렴한 유로폼 노출을 선택했고, 일반적으로 생각하는 노출 콘크리트 품질이 아닙니다. 저희 집이 아니라 누군가의 집이었다면 이렇게 진행하지 못했을 겁니다. 최소한 벽지라도 붙였겠지요. 선택이 필요했고 그것이 꼭 최고를 의미하는 것은 아닙니다."

두 번째는 실내 분진과 공기 질에 대해서다.

"실내 공기 질 체크를 지속적으로 하고 있으며(VOCs, 미세먼지, 이산화탄소, 온습도), 표면 오염 때문에 발수를 진행했으나 콘크리트 강도가 충분하다면 분진을 위한 별도의 도장은 필요치 않다고 봅니다. 준공 후 콘크리트에서 비산되는 먼지는 거의 없다고 보셔도 됩니다. 완공 후 초기 콘크리트 내부 습기 배출을 위해서는 마감을 하지 않는 것이 좋다는 의견도 있습니다.

환기 장치와 프리필터가 있어 이산화탄소, 미세먼지는 기본적으로 최적의 상태로 유지됩니다. 문제는 VOCs

이며 이는 신축 건물에서 피할 수 없는 부분이라(베이크
아웃으로 100퍼센트 제거되지 않습니다) 환기 장치와 더불어
지속적인 외기 환기를 하고 있습니다. 라돈의 경우 아파
트와 별다르지 않은 컨디션이며 라돈은 무엇보다 축적
이 되지 않게끔 지속적인 환기가 중요합니다. 최근 수치
확인을 위해 '라돈아이'로 확인했으며 기준치인 4피코의
절반인 2피코가 하루 중 최고치였습니다(평균 1.3피코 정
도)."

남편은 이렇게 글을 마쳤다.

"오해가 어느 정도 풀리셨길 바라며, 세상에는 다양한
사람들이 있다는 것을 이해해주셨으면 합니다. 모든 것
에는 나름의 이유와 사연이 있겠지요. 걱정해주시는 것
과 달리 저희 가족은 이 집에서 매우 쾌적하게 하루하루
행복을 느끼며 잘 살고 있습니다. 아파트만 살아보셨다
면 언젠가 꼭 주택에 살아보시라 권해드리고 싶습니다.
오늘 하루도 모두 행복하시길 빕니다."

댓글을 처음 봤을 때는 심장이 쿵쾅거리고 바닥에 가라앉는 느낌이 들어서 얼마간 힘들었다. 비아냥과 조롱 섞인 글도 있었기 때문이다. 조롱 섞인 악플을 단 사람에게 남편의 글이 얼마나 가닿았는지 모르겠다. 다만 우리가 할 수 있는 일은 했으니 이제 남은 것은 받아들이는 사람에게 달렸다.

그달의 특집으로 우리 말고도 두 분의 건축가가 잡지에 실렸는데 우연인지 우리까지 세 집 모두 실내에 노출 콘크리트를 적용했다(적용한 면적에 차이는 있다). 우리보다 품질이 좋은 노출 콘크리트를 적용한 건축가가 계셨는데 그분의 포스트에 적힌 댓글을 보고 실소가 났다. 댓글에는 "안방까지 노출 콘크리트를 적용한 집은 처음 본다"라고 쓰여 있었다. 저 글을 적은 분은 다행히 우리 집은 아직 못 본 게 분명하다. 우리 안방은 붙박이장이 있는 한쪽 벽을 제외하면 천장까지 모두 노출인데 말이다.

세상은 넓고 취향은 다양하니 남에게 폐 끼치지 않는 개인의 선택이라면 서로 존중해주길. 사람들은 각자의 취향을 드러낼 수 있고, 거기에는 이 집을 지은 우리도 포함된다. 우리가 살 집을 우리의 취향대로 지었는데 평

범한 선택은 아닌지라 낯선 분들이 많았던 것 같다. 어쨌
든 남편의 말대로 우리는 이 집에서 매일 즐겁게 지내고
있다. 가라앉았던 마음이 조금 낙낙해졌다.

걱정 많은 사람이
집을 지으면
벌어지는 일

다음 주에 우리 집 공사가 시작된다는 소리를 들었을 때 속으로 '아, 큰일 났다'라고 외쳤다. 물론 입 밖에 내지는 않았다. 괜히 걱정하는 마음을 내비쳐 상대방 기분까지 망치고 싶지 않았다. 반면 남편은 두 손을 부여잡고 "설렌다!"라고 육성으로 말했다. 눈이 반짝이고 입꼬리가 올라간 것으로 보아 정말 신나 보였다. 다시금 '얘는 나랑 태생부터 다르구나' 느꼈다.

나는 왜 새로운 일을 할 때면 오만 걱정과 근심에 휩싸여 혼자 끙끙 앓을까? 아직 일어나지도 않은 일을 걱정하는 내 모습이 한심해서 남에게 털어놓지도 못한다. 그러다 생각이 몸을 지배해 오한과 두통, 소화불량이 몰려온다. 나도 좀 배포가 크게 살고 싶은데 쉬이 고쳐지지 않는다.

이렇게 가만히 숨쉬기만 해도 걱정이 퐁퐁 솟아나는

내가(!) 10년은 늙는다는(!) 집 짓기에 뛰어들다니(물론 짓는 건 남편이 한다. 나는 옆에서 걱정을 담당할 뿐)! 불구덩이에 뛰어든 나방처럼 땅을 계약한 날부터 내 걱정은 화르르 타올랐다. 마음에 드는 땅을 샀음에도 땅을 잘 산 건가(우리의 예산에서 벗어난 땅을 산 탓에 공사 시작도 전에 긴축재정에 돌입해야 했다. 하지만 집보다 중요한 게 '땅'이다. 집은 시간이 갈수록 가치가 떨어지지만 땅은 위치가 좋으면 거래도 잘 되고 가치도 오른다. 지금은 땅의 위치와 풍경, 서울과의 근접성 등의 측면에서 매우 만족한다), 계약상 무슨 문제가 있었던 건 아닐까(없었다), 바가지를 써서 비싸게 산 건 아닐까(싸게 산 건 아니다. 깎아줬으면 좋았겠지만 주변 시세만큼 주고 샀다), 걱정이 쉴 새 없이 몰려왔다.

잔금을 치르고는 더 이상 물릴 수 없는 큰일을 치렀다는 생각에 밤잠도 설쳤다. 뒤늦게 가입한 네이버의 유명 집 짓기 카페에는 땅을 사기 전 주의할 점 등이 나열돼 있었다. 이제야 그런 글들을 접한 탓에 뭔가 실수한 부분이 있는 것 같아 괴로웠다.

돈도 걱정이었다. 계약금은 가진 돈으로 했지만 나머지 잔금은 어떻게 마련하지(다행히 대출이자가 지금처럼 비싸진 않아서 은행 대출을 적절한 이율로 받을 수 있었다), 잔금을 치른 날 등기를 바로 했으나 그사이 무슨 일이 있진 않겠지(아무 일도 없었다. 일주일 뒤 등기권리증은 무사히 도착했다), 옹벽이 대지 경계를 넘어갔으면 어쩌지(이 문제로 2주간 잠을 못 잤으나 측량 결과 오히려 경계점 안으로 넉넉히 들어왔다) 등등.

이렇게 수많은 난관과 걱정을 헤치고 왔는데 더 큰 걱정거리인 '집 짓기' 앞에 도달한 것이다. 즐거운 축제라면 축제고, 괴로운 일이라고 생각하면 고행이 될 큰일 앞에서 내 마음은 괴로운 쪽으로만 널뛰기했다. 다행이라면 남편이 반대쪽 널빤지에서 싱글벙글 이 축제를 즐기고 있다는 점이랄까. 남편은 건축가라 그런지 "문제없는 현장은 없다", "어떻게든 해결은 된다. 돈과 시간이 들 뿐"이라며 나만큼 크게 걱정하진 않았다. 물론 문제가 터지면 일하다가도 군청으로 내달려야 했지만.

남편이 군청으로 향할 때마다 걱정은 또다시 꼬리를 물고 이어졌다. 잔금은 대출받아 해결했지만 건축비는 어떻게 충당하지?(몇 년째 안 팔리던 은평구의 빌라가 우리가 바라던 시점에 팔렸다. 그 돈과 대출을 더 받아서 일단 공사를 시

작했다. 그리고 공사 말미 돈이 모자랐는데 남편이 현상설계에 당선되어 목돈이 들어왔다)

견적이 너무 많이 나오면 어쩌지? 코로나로 자잿값도 엄청나게 올랐다는데?(우리도 2021년 집을 지을 당시 자잿값 상승으로 인해 애초에 계획했던 예산보다 5퍼센트가 더 초과했다. 그러나 매해 자잿값과 인건비는 오르고 있다. 그때 안 지었으면 더더욱 못 지었을 것이다)

우리 양옆은 집이 들어서서 사람이 살고 있는 만큼 공사 기간에 소음과 분진 등으로 불편할 것이다. 우리 집 공사할 때 이웃에게 민원이 들어오면 어쩌지?(이웃집들의 배려로 관공서에 공식적으로 들어간 민원은 없었다. 비슷한 시기 집을 지은 다른 사람은 정당한 공사에도 이웃으로부터 민원을 받고 쓰레기 투척을 당했다고 한다. 그런 이야기를 들으니 우린 참 감사하다는 생각이 들었다)

집을 지으면서 시공사와 문제가 생기면 어쩌지? 인터넷 보면 막 도망가고 연락도 안 된다고 하던데?(최저가에 혹하기보다 잘하는 분을 만나면 된다. 우린 패시브 주택을 목표로 지었기 때문에 패시브 건물을 주로 하는 시공사에 맡겼다. 일반 시공사보다는 조금 더 비싸지만 공사 기간 내내 속을 끓이는

것보다 낫다)

10월이 아파트 전세 만기인데 이사 날짜를 맞출 수 있을까?(처음엔 보름 정도 여유가 있을 줄 알았는데 장마 기간에 공사가 중단되고, 보일러 설치가 늦어지고, 시공사 일정과 맞지 않아 빠듯하게 됐다. 다행히 아파트 집주인의 배려로 11월 중순으로 이사 날짜를 늦출 수 있었다)

땅을 계약한 날부터 날 괴롭히고 잠 못 들게 했던 걱정 대부분은 '기우'에 불과했다. 실제가 되어 나타났던 몇몇 문제도 어떻게든 해결이 됐다. 물론 그 과정이 쉽지 않을 때도 있었다. 내 마음을 깊이 파이게 한 일도 있었고, 상대의 마음에 생채기를 남긴 일도 있었다. 그래도 사람이 다치는 일은 아니었으니 다행이다 싶다.

남편은 자기는 건축가라 공사 과정을 알고 시작해도 때때로 어려움이 있었는데 건축과 멀리 계신 분들이 자기 집을 지으려고 하는 걸 보면 정말 대단하다는 생각이 든다고 한다. 그만큼 집 짓기는 흥분되는 일이면서도 결정해야 할 것도 많고, 책임질 일도 많은 쉽지 않은 과정이다. 나역시 휘몰아치는 걱정에 밤잠을 설친 날이 많았다.

그래도 마음의 여유를 갖고 넉넉한 일정으로 진행하면

걱정했던 일들이 실제로 나타나도 대비를 할 수 있을 것이다. 모든 걱정 끝에 가족의 취향과 삶의 태도를 반영해 지은 집에서 사는 기쁨은 힘들었던 시간을 보상해준다. 집 짓기가 끝난 지금, 걱정은 고이 접어두고 온전히 이 계절을 즐겨본다.

아이 방문에 걸어둔 방울이 딸랑거린다. 곧이어 '다다 다' 달박질 소리가 나더니 안방 문이 벌컥 열린다. 자는 척을 해보지만 아이는 아빠와 엄마 침대를 번갈아 오가 며 우리를 깨운다. 결국 아이 손에 이끌려 1층으로 향한 다. 아이는 판다, 토끼, 공룡, 불곰, 양 인형을 모두 끌어 안고 내려간다. 아침을 준비하고 세 식구가 나란히 앉아 밥을 먹는다. 주말 아침이 느긋하게 열린다.

아침을 먹고는 편의점에 다녀오기로 한다. 운동과 산 책을 겸해서 걸어간다. 편의점 의자에 앉아 각자 고른 간 식거리를 먹고 동네를 한 바퀴 돈 뒤 집에 올라온다. 편 의점으로 내려갈 때는 신나서 뛰어가던 아이가 집으로 오는 길에는 옥수수밭을 지날 때쯤이면 업어 달라고 아 빠에게 매달린다. 저기까지만 더 가자, 여기서 당장 업어 라, 실랑이하다 보면 집에 도착한다.

별다르지 않은 일상이지만 틈틈이 마당에 나가 식물들을 살피고, 집 주변도 둘러본다. 연하게 내린 커피를 홀짝이며 식탁에 앉아 맞은편 산을 바라보는 일은 늘 즐겁다. 멀리 보면 산 전체가 하나로 보이지만 자세히 살피면 나무 한 그루, 한 그루가 저마다 다르게 산을 구성한다. 계절 따라 매일 조금씩 변화하는 산의 모습과 그 위를 빙빙 날아다니는 새들. 자연의 시간은 바쁜 듯 느린 듯 순리대로 흘러간다.

걱정 많았던 집 짓기가 끝나니 평온한 일상이 찾아왔다. 땅을 처음 본 날 우리 세 식구가 이곳에 사는 모습이 머릿속에 절로 그려졌다. 그 모습 그대로 우리는 소소하게 매일을 살고 있다. 주택살이가 어떠냐고 물으면 마음이 편안하다고 답한다. 묵묵히 제 할 일을 해내는 자연을 보며 조급해지려는 내 마음을 다잡는다.

집 짓는 일이 걱정의 최고봉인 줄 알았는데 책 쓰는 일은 그보다 더하다는 걸 이번에 알았다. 옆에서 힘이 되어준 남편 성일에게 고맙고, 무럭무럭 잘 크는 아이 지우에게도 고맙다. 길을 잃을 때마다 방향을 잡아준 매경출판 편집자님께 감사의 말을 전한다.

집 짓는 과정과 공정별 사진

2020.12.16. 경계복원측량

한 달이 넘게 기다린 끝에
대지의 경계를 실제 땅에 복원하는
경계복원측량을 했다.

2021.6.10. 터파기

건물의 위치를 잡는 규준틀을 세우고
터파기를 시작했다. 지하가 없는 건물이므로
지하 공사 없이 기초가 놓이는
위치까지 땅을 파고 평평하게 다진다.
별도의 지반조사는 하지 않고 지내력 시험을 실시했다.
지내력은 지반이 구조물의 압력을 견디는 정도로,
시험 결과 설계 지내력 이상의 충분한 지내력이 나왔다.

2021.6.16. 기초공사

압출법 보온판(단열재)을 기초 하부에
깔고 기초 콘크리트 공사를 한다.
단열재 밀도가 높아 2층 정도의
건물에서는 구조체 하부에
단열재 시공을 해서 습기를 막고
단열 성능도 높인다.

2021.7.1. 콘크리트 공사(1층)

콘크리트 구조이므로
거푸집을 대고 공사를 진행한다.
내부 노출 콘크리트를 위해
새 합판을 들여왔다.

2021.7.10. 콘크리트 공사

콘크리트 강도가 나올 때까지
가설재(임시 구조물)로 받쳐놓는다.

2021.7.17. 콘크리트 공사 완료

다행히 장마를 피해
골조 공사를 완료했다.

2021.7.24. 거푸집 탈형과 창호 실측/발주

거푸집을 탈형하고
최종 콘크리트 마감을
육안으로 확인했다.
창호 실측을 진행하고
발주하는 동안
후속 공정을 논의한다.

2021.8.18. 창호공사/벽돌 선정 완료

패시브 하우스를 목표로
했기 때문에 기밀하게 시공한다.
창호는 시스템창호를 적용하고
기밀 테이프로 내부와
외부를 모두 막는다.
벽돌 디일을 최종 선택했다.

2021.8.22. 단열재 설치

골조 공사를 마무리한 후
외단열 공사를 진행했다.
단열재 두께는 총 200mm로,
100mm씩 엇갈려 붙여서
열 손실을 최소화한다.
단열재는 숙성된 단열재를
사용하여 하자를 예방한다.

2021.8.29. 외단열 미장 공사/
실내 온돌 공사

실내외가 동시에 진행된다.
실내 온돌 공사를 위해
단열재를 깔고 온수관을 설치한다.
외단열은 열교 차단 파스너
(Thermal Break Fastener)로
최종 고정한다.

2021.9.15. 내부 목공사/
외부 마감공사

벽돌 타일을 마무리하고
줄눈을 결정했다.
동시에 내부
목공사를 진행한다.

2021.10.9. 금속 공사

외부 담장과 자잘한
지붕 금속 공사를 진행했다.

2021.11.10. 최종 기밀테스트

최종 기밀테스트를 진행했고
0.32회라는 좋은 값이 나왔다.

주변 정리

주변을 정리하고 미비한 부분의
공사를 서둘러 마무리한다.
옥상에는 붉은색의 화산석을 올렸다.
물이 잘 빠지고 통풍이 되므로
여름철 일사 에너지를 막을 수 있다.
이제 준공청소를 마치면 드디어 공사 완료.

- 좋은 땅을 고르는 요령이 있나요?

땅을 볼 때 자신이 가장 원하는 것이 무엇인지 정합니다. 경치 좋은 곳에서 살고 싶다면 좋은 경치를 위해 조금은 높은 곳으로 올라가야 할 것이고, 사람들과 떨어져 호젓한 곳에서 조용히 살고 싶다면 마을에서 벗어난 곳이 적당할 것입니다. 관리가 편한 곳을 찾는다면 도시가스, 상수도 등 제반 시설이 갖춰진 땅이 좋겠지요.

사람마다 원하는 조건이 다르기에 우선순위에 따라 땅을 보되 장점과 함께 동반되는 단점을 어느 정도 수용할 수 있을지도 생각해봐야 합니다. 예를 들어 경치 좋은 곳은 대개 높은 곳에 있으니 경사도가 급하고, 호젓한 곳은 마을에서 안쪽으로 들어가야 하니 그만큼 이동시간이 길어집니다. 도시가스나 상수도 등 제반 시설이 갖춰진 곳은 땅값이 비싸다는 단점이 있고요.

- 철근 콘크리트 방식을 선택한 이유가 있나요?

저희 집은 거실과 부엌을 하나의 공간으로 터놓았습니다. 그래서 기둥과 기둥 사이의 거리인 스판span이 길어졌습니다. 이러한 장스판長span을 구현하는 데에는 목조보다 철근콘크리트가 유리합니다. 목조는 벽으로 힘을 지탱하는 방식이다 보니 저희 집과 같은 스판에서는 벽이 들어가야 하기 때문이죠.

목조는 현장이 깔끔하게 유지되고 공기가 짧다는 장점이 있고, 철근콘크리트는 내구성이 좋고, 저희 집처럼 장스판을 구현하기 유리합니다. 무엇이 더 좋다, 나쁘다의 문제는 아니니 두 가지 방식의 차이점을 알고 선택하시면 됩니다.

- 회사까지 출퇴근은 어떻게 하나요?

저는 프리랜서라 집이나 근처 커피숍에서 일합니다. 남편은 사무실이 강동구에 있는데 외근이 많은 직업이라 자동차로 출퇴근해야 하지요. 남편의 출퇴근을 고려해서 사무실에서 한 시간 이내 거리의 땅을 보러 다녔습니다. 그중 사무실과 가깝고 고속도로나 국도를 이용하기 좋은 곳이 양평의 서쪽 끝, 서종면이었습니다. 집에서 남편의 사무실까지 36킬로미터 떨어져 있는데 집 현관을 나서서 사무실까지 40~45분 정도 걸립니다. 도로가 꽉 막히는 주말과 달리 평일 출퇴근 시간에는 비교적 한산합니다.

지하철이나 기차를 이용한다면 지하철역이나 기차역 근처가 좋을 것입니다. 회사까지의 위치와 출퇴근 방법을 고려해 지역을 정하는 것이 중요합니다.

- 아이 학교나 어린이집이 주변에 있나요?

마음에 드는 땅을 보면 지역 카페에 가입해서 어린이집 정보를 수집하고, 아이사랑 애플리케이션에서 주변 어린이집을 꼼꼼히 살펴봤습니다. 서울보다 입소 경쟁이 덜하다고 하지만 원하는 때에 바로 들어가기 어려울 수도 있습니다(특히 국공립은). 이사 전에 미리 전화해서 입소 가능 여부를 물어보는 것이 좋습니다. 학기 중간에 이사 가는 친구가 있을 수도 있으니까요. 저희는 집에서 가장 가까운 어린이집을 보내고 싶어서 알아봤는데 다행히 평도 좋고 한 달 정도 대기하면 들어갈 수 있었습니다. 아이가 다니는 어린이집은 저희 집에서 1.2킬로미터 떨어져 있고, 차로 5분 거리입니다. 가장 가까운 초등학교 역시 1.5킬로미터 이내에 있습니다.

— 집 지으면서 이건 참 잘했다고 생각하는 것에는 무엇이 있나요?

세 가지를 꼽고 싶습니다. 첫째, 여름철 햇볕을 막아주는 외부 차양, 둘째, 열회수 환기 장치, 셋째, 처마입니다. 저희 집은 서쪽으로 큰 창이 있어 겨울철엔 따뜻하지만 여름엔 덥습니다. 이럴 때 뜨거운 해를 차단해주는 외부 차양이 큰 도움이 됩니다. 각도 조절이 되기 때문에 외부 풍경을 가리지 않고, 사생활도 보호해줍니다. 한여름에 요긴하게 쓰고 있습니다.

열회수 환기 장치는 흡기와 배기를 통해 환기를 해주는 장치입니다. 저희는 습도까지 조절되는 제품을 설치했습니다. 24시간 돌아가기 때문에 이사 초기 휘발성 유기 화합물VOCs을 배출하는 데 많은 도움이 됐고, 실내 공기를 쾌적하게 유지해줍니다.

세 번째는 처마입니다. 창문 시공을 할 때 밀폐 테이프를

감아서 결로를 예방하긴 했지만 처마가 있으면 창문으로 빗물이 스며들 위험이 줄어듭니다. 또 여름철 강한 햇빛을 막아주고, 창문도 쉽게 더러워지지 않는 이점이 있습니다.

- 그렇다면 아쉬운 점에는 무엇이 있나요?

차고가 없는 점이 가장 아쉽습니다. 남편의 오랜 꿈이 차고를 여유 있게 지어서 그 안에서 목공 작업을 하는 것인데 저희 땅 크기상 실현이 불가능했습니다. 야외에 주차하다 보니 비바람, 여름철 강한 햇빛, 겨울철 서리 등을 피할 수 없고, 세차해도 먼지가 금방 쌓입니다. 앞 유리 가림막을 씌워 놓는 등 대응을 하고 있지만 번거롭긴 합니다.

- 전원생활 장점으로는 어떤 점을 들 수 있을까요?

우선 층간소음이 없습니다. 내가 피해자일 수도, 가해자가 될 수도 있는 일에서 벗어나 자유로이 생활할 수 있습니다. 아이에게도 뛰지 말라고 할 필요가 없고요. 소리에 예민한 탓에 아파트에 살 때는 다른 집에서 나는 소음은 물론이고 우리 집에서 나는 소리에도 불안함을 느꼈는데 주택에서는 마음이 편합니다.

　계절마다 마당에서 할 일을 찾는 것도 즐겁습니다. 사계절 대신 온화한 봄과 가을만 있으면 좋겠다고 생각했었는데 주택에서는 계절이 바뀌는 게 아쉬울 정도로 매 계절을 즐기고 있습니다. 조경과 텃밭 농사, 여름철 수영장, 텐트 설치, 간이 네트를 놓고 배드민턴 치기, 바비큐 등으로 바쁘게 지내고 있습니다.

- 전원생활 단점도 알고 싶어요

　제 경우 단점으로 꼽을 수 있는 건 두 가지인데 쓰레기 버리기와 눈 쓸기입니다. 저희 아랫마을은 쓰레기차가 들어오는데 윗동네인 저희 마을에는 쓰레기차가 들어오지 않습니다. 각자 쓰레기를 차에 싣고 쓰레기 집하장으로 가야 합니다. 다행히 아이 어린이집 가는 길에 집하장이 있어서 거리는 가깝습니다. 귀찮을 때도 있지만 쓰레기를 집 앞에 내놓지 않으니 저희 집을 비롯해 동네가 깔끔하다는 장점이 있어서 이 생활이 익숙해진 지금은 마냥 단점은 아니구나, 생각하고 있습니다.

두 번째는 겨울철 눈 쓸기입니다. 이사 온 첫해에는 눈이 적게 와서 남편과 "이 정도면 할 만하다" 했는데 그다음 해에는 눈이 많이 왔습니다. 저희는 집 앞만 치우면 되지만 송풍기로 마을 공동길을 수시로 치워주신 마을 임원분들께서 고생을 많이 하셨습니다.

- 외지인에 대한 텃세는 없나요?

텃세는 저도 걱정했던 부분입니다. 그래서 비교적 최근에 개발된, 외지인이 많은 동네를 선택하기도 했고요. 결과적으로 저는 집을 짓고 이사 오면서 텃세를 겪지 않았습니다. 걱정만큼 의심도 많아서 이사 초기까지 긴장을 풀지 않기도 했죠. 시간이 흐른 지금은 마을 분들과 적당한 거리를 유지하며 지내고, 새로 오신 분들이 있으면 먼저 인사를 건네려고 합니다.

사전에 모든 정보를 다 얻을 수는 없겠지만 땅이나 집을 보러 다닐 때 부동산이나 매도인에게 매매 이유를 묻거나 (물론 솔직하게 다 이야기를 안 해줄 수도 있겠죠) 실제 거주하는 동네 주민분께 살기 어떠신지 물어보는 것도 방법입니다.

- 다시 아파트로 가라면 가실 건가요?

네, 갈 수 있습니다(후훗). 저희는 아파트가 싫어서 나온 게 아닙니다. 아파트에서도 편하게 잘 살았어요. 다만 전세 계약이 만료되는 시점에 재계약과 집 짓기 사이에서 고민했습니다. 둘 중에 집 짓기를 선택한 이유는 남편의 오랜 꿈이기도 했고, 아이가 어린 지금이 주택에 살 적기라는 생각이 들었기 때문입니다.

다양한 주거 환경을 경험하고 싶은 마음도 컸습니다. 빌라, 아파트, 주택 모두 살아봤으니 각각의 장단점을 몸소 체험할 수 있었죠. 다양한 주거 형태만큼 무엇이 좋고, 무엇이 나쁘다는 정답은 없는 것 같습니다. 다만 공동주택만 경험하셨다면 단독주택도 한번 고려해보시길 권합니다. 저처럼 걱정 많은 사람도 의외로 잘살고 있답니다.

마당 있는 집에서 잘 살고 있습니다

초판 1쇄   2023년 5월 5일

지은이   김진경
펴낸이   최경선
펴낸곳   매경출판㈜
책임편집   서정욱
마케팅   김성현 한동우 구민지
디자인   김보현 이은설

매경출판㈜
등록   2003년 4월 24일(No. 2-3759)
주소   (04557) 서울시 중구 충무로 2(필동1가) 매일경제 별관 2층 매경출판㈜
홈페이지   www.mkpublish.com
전화   02)2000-2630(기획편집) 02)2000-2645(마케팅) 02)2000-2606(구입 문의)
팩스   02)2000-2609   **이메일**   publish@mkpublish.co.kr
인쇄·제본   ㈜M-print 031)8071-0961
ISBN   979-11-6484-554-5(03810)